Die schönen Umwege

*Die Zensur zwingt
zu geistreicherm Ausdruck
der Ideen durch Umwege.*
GOETHE, 1827

DIE SCHÖNEN UMWEGE
ergänzte und erweiterte Neuauflage
© 1993 und 1998 by :Transit Buchverlag
10961 Berlin, Gneisenaustraße 2
Layout und Umschlaggestaltung: Gudrun Fröba
Druck und Bindung: Pustet GmbH, Regensburg
ISBN 3-88747-137-7

Heinz Knobloch

DIE SCHÖNEN UMWEGE

Beobachtungen

: TRANSIT

INHALT

Mein letztes Stündlein	7
Manchmal kommt es anders	14
Schopenhauer	17
Hoffmann, sehr lebendig	19
Die Elisabethkirche	23
Märzgedanken	25
Das echte Scheunenviertel	34
Variationen über Mendelssohn	36
Wenn die Albrechtstraße erzählt	38
Viele Deutsche hießen Wilhelm	40
In der Straße seiner Jugend	42
Im Hebräerland	46
Umwege zu Paul Levi	47
Oranienburg: Immer weiter	60
Der zweite Tag von Potsdam	76
Wo in Pankow war Weber?	78
Leises vom Flüsterbogen	84
Wenn wir uns entscheiden	88
Der alte Schulweg	89
Im Lustgarten, mit mir	91
Bröckchen aus der Brunnenstraße	97
Wie wir Wieland zu Grabe trugen	109

Fontane in Berlin	115
Wege zu Fontanes Grab	120
Das nicht zu bändigende Museum	127
Wallensteins Garten in Prag	129
Mauerstückchen	131
Abschied von dieser Hauptstadt	136
Als die Deutschmark kam	138
Berliner Grabsteine I/II	140
Immer der Nase nach	141
Wir als euer Nebenmensch	143
Die schönen Umwege	144
Gemeinsames Idyll	146
Grab um Grab	147
Signal im Alltag	148
Brecht zum Hundersten	149
Vom Umgang mit Büchern und Autoren	150
Wenn wir vorlesen gehen	154
Anmerkungen	156
Der Autor	160

Dieser Band versammelt Texte, die – von wenigen Ausnahmen abgesehen – in den Jahren 1988 bis 1993 entstanden, schwer zugänglich bzw. bisher unveröffentlicht sind. Größtenteils für Zeitungen oder Zeitschriften verfaßt, mußten sie gelegentlich in zensierter oder verstümmelter Form erscheinen (was in der hier vorgelegten Fassung jeweils korrigiert bzw. in den Anmerkungen notiert ist und dieser Ausgabe einen zusätzlichen Reiz verleiht).

Auswahl und Anordnung, vom Verlag vorgenommen, folgen einer privaten (der des Autors) und einer öffentlichen Chronologie (der des Landes, in dem er lebt).

Der Verlag, 1993

Obwohl Ironie in Deutschland (welche Himmelsrichtung auch immer) als nicht mehrheitsfähig gilt, konnten die »Schönen Umwege« bei dem Lesepublikum, in Buchhandel und in der Presse soviele Freunde gewinnen, daß auch die dritte Auflage bald vergriffen war.

Fünf Jahre nach dem ersten Erscheinen legen wir hier im neuen Kleid eine vierte Auflage vor, die neben den »alten«, aber gar nicht veralteten Texten einige Ergänzungen und neue Texte enthält, die zwischen 1993 und 1998 entstanden sind.

»Knobloch ist überhaupt ein guter Mann«, schrieb der »Rabe« (der es wissen muß) aus Zürich. Seine »Schönen Umwege« zu lesen heißt auch, sich bestimmter Momente und Personen zu erinnern, die im hektischen Auftrieb immer neuer »historischer« Entscheidungen und Veränderungen schnell vergessen werden. Der Zeitgeist lebt von Vergeßlichkeit; der gute Autor davon, daß er mit Witz, Kenntnis und Distanz die Kunst des Erinnerns pflegt – auf Umwegen eben.

Der Verlag, 1998

MEIN LETZTES STÜNDLEIN

> *Ich persönlich zum Beispiel vermute,*
> *daß die Natur uns schuf,*
> *damit wir leben, dem Nächsten helfen,*
> *damit wir der großen Harmonie*
> *für einen Augenblick teilhaftig werden,*
> *damit wir Bordeaux trinken, Kinder erzeugen*
> *und so bald wie möglich sterben.*
> Victor Auburtin (1870-1928)

Schon früh hat der Tod nach mir gegriffen. Im ersten Lebensjahr, falls man mir das recht berichtet hat, als Mutter und Großmutter zur nachmittäglichen Ausfahrt den Kinderwagen mit mir wie gewohnt auf dem Treppenabsatz anhoben und nach selbsterteiltem Kommando treppab schritten. Da geschah es. Ein Fehltritt der Großmutter oder ein Ausgleiten der Mutter, wer weiß (wir alle sind unschuldig), jedenfalls rutschte der schwere Kinderwagen über die gestolperte Großmutter hinweg und stürzte die Treppe hinab. Doch es war eine Dresdener Treppe. Aus Stein, innen schmale Stufen, rund und eckig, und sie hatte drei gerade Stangen als Geländer, drei dünne Stangen, an deren Enden gerundete Messingknöpfe saßen, die jede Woche nach dem Wischen mit Sidol geputzt wurden, wahrscheinlich auch zum Dank dafür, daß der Kinderwagen an einem von ihnen hängenblieb. Doch allein der damit verbundene Ruck hätte genügt, um das Baby gegen die Steinwand zu schleudern; das Kind jedoch war mit einem Sicherheitsgurt befestigt.

Das ganze Haus kam gelaufen. Eine gute Alte brachte Zuckerwasser für die beiden Damen, das Hausmittel. Sie schworen einander, denn jede fühlte sich verantwortlicher als die andere, ihren Männern abends nichts davon zu erzählen. Doch verrieten ihre noch schlotternden Glieder, ihre fahrigen Bewegungen und Antworten Stunden später alles. Die zu Tode erschrockenen Männer schimpften nicht. (Wir Knoblochs regen uns nur über Kleinigkeiten wahnsinnig auf). Ich konnte aufwachsen.

Dann starb der Großvater. Am Ende eines Wochenendausflugs nach Böhmen, in seiner Heimat. Ich war sieben Jahre alt und wußte, daß er herzkrank war. So gingen wir am Sonntagabend im Grenzort in das Hotel »Zur Krone«, wo sich Heinrich Knobloch eine Portion Gänsebraten bestellte. Für die Großmutter Rinderbraten, und für mich ein Paar Würschtel. (Lebenslehre: Er wollte essen, was ihm schmeckte, worauf er Appetit hatte, allen Diäten zum Trotz.) Mitten in der Vorfreude sank er zusammen. Die Großmutter stützte ihn, hielt seinen Kopf in ihrem Arm und fragte: »Papa, was ist dir denn?«

Er war also nicht allein.

Ich dachte, ihm sei übel geworden und er müsse sich übergeben, was ich als Kind verabscheute, und rannte zum Nebentisch, wo Kartenspieler erst jetzt aufmerksam wurden. Man führte mich auf die Veranda. Dann kam der Arzt und rief beim Betreten des Gastraums: »Machen Sie sich aufs Schlimmste gefaßt!« (Dieser Satz gilt uns täglich. Wir sagen ihn nur nicht oft genug zu uns; und die anderen verschweigen ihn.)

Damit meine Eltern aus Dresden telefonisch herbeigerufen werden konnten, brauchte man unsere Nummer. Meine Großmutter hatte sie vor Schreck vergessen. Ich weiß sie noch heute: Drei-Fünf-Acht-Zwo-Neun. (Einer muß in dieser Situation wissen, was gebraucht wird.)

Zur Beerdigung wurde ich nicht mitgenommen. Das nahm ich zeitlebens übel. Wäre ganz still gewesen im Krematorium. Nur zur Urnenbeisetzung durfte ich mit.

Welche Möglichkeiten zu sterben habe ich ahnungslos überstanden? Einprägsam war, man kann sich's denken, der Krieg. Ich war recht skeptisch, lebte auf gut Glück und stellte mir den Tod als so eine Art Feldwebel (oder Lehrer) vor, dem man auffiel. Man mochte sich Mühe geben, wie man konnte und wollte, er fand etwas.

Die Fliegeralarme. Bombenkrachen in Berlin. Schütz unser Haus, greif andere an. Die Großmutter Elsa, die Dresdener, lächelte, wenn wir bepackt nach unten liefen, und wenn der Alarm vorüber war, buk sie schon Pfannkuchen. Als Dresden unterging, mußte sie ihre Wohnung verlassen mit einem Rucksack und einer Decke. Evakuiert in ein Dorf bei Dippoldiswalde, wo sie ländlich lebte mit Kartoffeln und Quark, so anspruchslos wie sie aufgewachsen war als armer Leute Kind.

Der Anruf, sie sei in Lebensgefahr, ließ mich eilen. Ich kam fußwegs über Dresden dort an. Sie sah mich – und lebte noch ein Jahr. (Ist der Anblick deines Nächsten bessere Medizin?)

Ich hatte auf eigene Faust überlebt. War 1943 im Hausflur unserem Briefträger in die Hände gelaufen. Er ließ mich ein Einschreiben quittieren, mit dem ich in die Deutsche Wehrmacht geriet, also in deutsche Kriegsgefangenschaft.

So kam es, daß wir Erbarmungswürdigen, ich war da gerade achtzehn Jahre alt, eines trüben Sommervormittags hinter einer übermannshohen Wallhecke in der wildschönen Normandie uns befanden, während amerikanische Leuchtspurgeschosse den Himmel – ja, man kann sagen: verfinsterten. Plötzlich schlug eine Granate in einen Baum über uns. Schneller als man es zu begreifen vermag, flogen ihre Fetzen in die Menschen hinterm Wall. Ich spürte einen derben Schlag auf der linken Brustseite, fühlte mich getroffen, riß mit der Rechten das Verbandspäckchen unten aus dem Militärjackett, knöpfte mit der anderen das Hemd auf, fand aber nicht das erwartete Blut, sondern nur einen roten Fleck über der linken Brustwarze. Die richtige Stelle. Großer Schreck, dennoch.

Der Weg des Granatsplitters, den ich mir aufhob, der mir aber verlustig ging, wie sich denken läßt, verlief auf feuilletonistische Weise. Er war etwas größer als ein Zehnpfennigstück. An mir rauchte es, als ich mich besah. Er war von oben in die linke Brusttasche gefahren, hatte dort die Tabakspfeife zerbrochen (das freut die Nichtraucher) und einen Behälter, aus dem nun ein angebliches Gasschutzmittel tropfte; er war durch dieses erste Hindernis entscheidend abgelenkt, unten aus der Brusttasche in die darunter befindliche, am Koppel befestigte Patronentasche gedrungen, hatte deren Leder glatt durchschlagen, dann den Ladestreifen getroffen, der fünf Patronen hielt, von denen der alliierte Splitter – immer noch in kriegerischem Schwung – zwei zur Entzündung brachte, so daß zwei Geschosse unten aus der Patronentasche pufften, durchs deutsche Ersatzleder, und an meinem Oberschenkel vorbei auf die Erde flogen, dort liegenblieben, gemeinsam mit dem Splitter; der hatte nun endlich keine Kraft mehr. Ja, es klingt wie erfunden, ich weiß. Aber es ist tatsächlich so gewesen. Und war nur möglich, weil der brave Soldat Kno nicht flach auf der Erde lag, wie er es in aberhundert Ausbildungsstunden mühesam eingetreten bekommen hatte, sondern während der Schießerei im geliebten Schneidersitz auf der Erde saß, mit einem Hölzchen die lehmbeschmutzte Visiereinrichtung seines Karabiners reinigend, mit dem er eigentlich gar nicht auf andere Leute schießen wollte. Dem Nebenmann, der auf dem Bauche gelegen hatte, war ein kleiner Splitter in den Rücken gedrungen. (Lebensregel: Du überlebst, wenn du nicht alles machst, was befohlen wurde.)

Gewiß, riskant war meine Selbstverständlichkeit, mit der Hitlers Krieg beendet wurde auf eigene Faust. Es hätte ja bloß noch SS oder ein nervöser US-Wachtposten auftauchen müssen. Das deutsche Flugzeug explodierte in Sichtweite unserer Gefangenensammelstelle. Die Rakete traf in Londons Umgebung eine andere Gegend. Im Atlantik gab es Delphine, keine U-Boote. O.k.

Nach dem Krieg kamen neue Risiken. Das Totessen, das sich zunächst im Austausch gegen die Gallenblase aufschieben ließ. Die erste Nierenkolik: Nach dem Bau der Mauer.

Aufklettern hätte Unrast bedeutet, Beförderungen, Schweißausbrüche am Leiterschreibtisch, wozu? Zeitungsliebe seit der Kindheit, gebrochen durch Schreibenmüssen. Mitteilenwollen. Aber doch nicht so. Verschleiß durch Tagesthemen, die am anderen Morgen ins Gegenteil, wie beschlossen, zu kehren wären. (Eine, die mich liebte, sagte: »Du brauchst deine Vorgesetzten nur anzusehen. Dann wissen sie alles.« – Es stimmt bis zum heutigen Tag.)

Wer haben will, muß geben. Ein Dutzend Zähne, der Blinddarm, die Nasenscheidewand – kleine Geschenke nach vorn. Zur Besänftigung. Boten.

Dabei aber rechte Bange. Bloß nicht zu früh! Da half mir beizeiten einer, der hieß Walther Victor, und ist den Jüngeren nicht einmal mehr dem Namen nach bekannt. So ist das. In einem seiner Bücher steht der Satz, auf den es ankommt: »Wenn dir etwas passieren kann, war etwas in deinem Leben falsch.«

Darüber ist nachzudenken.

Zu Victors Lebzeiten wurde er weidlich verspottet deswegen, weil er sich auf dem Weimarer Friedhof, in der Nähe von Goethe

– über den er kluge Bücher schrieb –, ein Grab gekauft und einen Stein setzen lassen hatte. Aber seine Mutter war in Auschwitz ermordet worden, hatte kein Grab. Wer wagt es, einem Menschen zu verdenken, wenn er zu Lebzeiten für sein Grab sorgt?

Mir tut nicht leid, daß ich nicht mehr alles mitmachen muß. Man läßt mich weg. Zu alt für manchen Blödsinn, den jüngere in Versammlungen und Sitzungen ernsthaft behandeln müssen. Goethe hat es gewußt, ja, das Alter, »es sei geschwätzig, aber ich dächte doch ... man hat viel zu sagen und sagts wohl auch kühnlich, was man früher weislich dahingehen ließ«, als man wegen seines Monatsgehalts und wegen der Familie den Mund hielt. Was wehtat.

Und Herder, der brave Herder, was schrieb er 1797 an Böttiger: »Jeder Mensch sollte bei seinem Tode geschrieben hinterlassen, was er eigentlich immer für Possen und Puppenspiel hielt; aber aus Furcht vor Verhältnissen nie laut dafür erklären durfte«, da haben wir es.

Aber das Zitat geht noch weiter: »... wir Alle haben solche Lügen des Lebens um und an uns; und es müßte wohltun, sie wenigstens dann auszuziehen, wenn wir den Totenkittel anziehen.«

Da wird mancher viele Bogen guten Schreibpapiers benötigen, für die vielen Lebenslügen. Da aber die Nachkommen nicht lesen mögen, was die Alten mit bösem Grunzen und Verspätung ablassen, bleibt alles so, wie es war. Bestenfalls, und darauf ist Wert zu legen, sollten die Zeitzeugen das aufschreiben, was sie wirklich wissen. Denn die Geschichtsschreiber sind »aus Furcht vor Verhältnissen« nicht, oder oft nicht, unbarmherzig genug, oder objektiv, oder was auch immer notwendig wäre.

(Vergiß nie: Die Geschichtsschreibung beginnt mit dem Tode des letzten Augenzeugen. Aber: Die übernächste Generation braucht dringend das, was ihr verschwiegen wurde.)

Um auf jenen Splitter zurückzukommen, es gab danach noch mehr solcher Gelegenheiten, aber keine war so spektakulär und voller Varianten und Zufälle und hatte diese Haaresbreite – welcher Bewegung verdanke ich mein Leben? Dann ging der große Zeh rechts. Das war eine alte Rechnung aus der Normandie. Der damals von einem stürzenden Baum dort schwer lädierte Zeh wurde zum Lebensretter, denn er verhinderte meine Teilnahme bei einem Einsatz, von dem keiner wiederkehrte. Doch der Knochenmann holte sich den Zeh nach neunundzwanzig Jahren; Samiel, diesmal im Chirurgenkittel. Aber, wie gesagt, es hätte alles schlimmer kommen können.

Durch solche Gelegenheit, lange auf dem Rücken zu liegen, lernt man Lebendigkeit, soll heißen: sich freuen an der Kostbarkeit jedes Tages; in jedem neuen Jahrzehnt genießen, was es zu bieten hat, und sich nach dem Vorbild Victor Auburtins »Acht Seligkeiten« formulieren. Und einen weiteren Funken Übermut. Der Sensenmann vertrug ihn bislang, beispielsweise beim Motto der »Berliner Grabsteine«. Dort steht, was Fontane am 27. Dezember 1893 an seinen Freund Friedländer schrieb: »Ich glaube, es war Knobloch, aber der ist ja wohl todt«. Manchmal möchten Leser, daß ich diese Seite signiere, aber ein bißchen unheimlich ist mir dabei doch.

Meine Mutter starb langsam und lange. Mein Vater, und das paßt zu uns, fiel auf der Straße tot um, als er schönen Fisch einkaufen ging fürs Mittagessen.

Ihr Mediziner habt gut reden. Unsereiner hat nämlich Angst vorm Sterben auf dem Korridor in einem überbelegten Krankenhaus, in dem es an Medikamenten fehlt, an Gummihandschuhen, an Tupfern, an Personal, an dem, was eigentlich vorhanden sein soll. Und an Fürsorglichkeit. An letzter Liebe. An einer Hand auf meiner.

Deshalb besteige ich so gern Flugzeuge.

Falls es eine Auferstehung geben sollte oder eine neue Existenz, ich will mich gern überraschen lassen. Aber dann möchte ich meinen rechten großen Zeh wiederhaben!

Alles wird hier nicht gesagt. Aber wieviel Zeit ist denn nun bei all diesen Vorgängen verbraucht worden? Habe ich gut gewirtschaftet mit den Minuten des letzten Stündleins?

Jener Polikliniker vom Alexanderplatz, der nämlich schuld war, daß der Zeh nun im Frieden nicht zu retten war, trug mir unverlangte 400 Mark Schmerzensgeld ein; daß ich nicht lache. (Jedes Glied hat einen interessanten Niedrigpreis.) Ich verspeiste dieses Geld mit guten Freunden und Freundinnen nach und nach im Restaurant am Fernsehturm; das ging recht schnell. Und so heiter und kurios wünsche ich mir, wenn ich einen letzten Wunsch äußern darf (wir sind doch arme Sünder), auch den verbliebenen Rest meines letzten Stündleins. Möge er kurz sein. Und am besten wieder so wie am Anfang, wie auf der Dresdener Treppe, als ich nicht wußte, was mich betraf.

(1975, 1989)

Manchmal kommt es anders

Am 27. Oktober 1806, so um die Mittagsstunde, ritt Napoleon mit seinem Gefolge in Berlin ein. Durch das Brandenburger Tor. Unter den Linden war seine Siegesstraße. Wenig zuvor hatten seine Truppen in der Doppelschlacht von Jena und Auerstädt die Preußen vernichtend geschlagen.

Das wurde seither von der einheimischen Geschichtsschreibung nur ungern und daher kurz mitgeteilt. Also muß gelegentlich daran erinnert werden. Niederlagen sind Beruhigungsmittel.

Am Vortage, es war ein Freitag, traf Napoleon, von Westen kommend, in Charlottenburg ein. Das gehörte damals noch nicht zu Berlin. Er nahm im Schloß Quartier, in dem prachtvollen Bau. Es wird erzählt, auch heftig dementiert, daß er im Bett der Königin Luise übernachtet habe. Die schöne Königin jedoch war schon seit einem Monat nicht mehr in der Nähe.

Eine andere, gleichfalls abgestrittene Geschichte behauptet, jemand im Schloß hätte die berühmt-berüchtigte Trompetenuhr aufgezogen. Eine Spieluhr, die zu vorbestimmter Stunde einen preußischen Militärmarsch abspielt, diesmal gegen Mitternacht, so daß der Kaiser aufgeschreckt sei, weil er an einen plötzlichen Überfall glaubte.

Sicher ist es nicht wahr. Aber man liest es gern. Solche Geschichten erfinden Leute, die nicht zum Jubelspalier nach Unter den Linden gekommen sind, weil sie den fremden Kaiser nicht mögen. Er ist nämlich Eroberer und Ausländer zugleich.

Nun hat sich Napoleon bei dieser Gelegenheit – es ging ihm noch gut, und er war gerade siebenunddreißig – etwas erlaubt, was immer Brauch bleibt: Sieger machen Beute.

Nachweislich verstand Napoleon recht wenig von Kunst und Kultur. Das ist nun mal so in einer Regierung. Es wiederholt sich regelmäßig. Aber Napoleon hatte ein Gefühl für Öffentlichkeitsarbeit. Wie die alten Römer.

Es gab, wir müssen uns das vorstellen, kein Fernsehen, kein Radio, nicht einmal schnelle Zeitungen. Aber die vorhandenen führten dem Volk, dem eigenen und dem fremden, die neue Realität vor. Was bot sich an? Die Quadriga auf dem Brandenburger Tor. Sie kam uns erst in jüngster Zeit durch vielfältige Aktion wieder vor Augen. Meist blickten wir nur aus der Ferne nach ihr.

Um zuhause zu zeigen – auch wenn Kaiser nie gewählt werden –, wie mächtig er sei, befahl Napoleon, die Quadriga nach Paris zu bringen. Ungeachtet aller Bittschriften. Das ist immer so. Die einen bitten, das Berliner Stadtschloß nicht zu sprengen, die nächsten meinen, der Palast der Republik enthalte nur politischen Asbest.

Jedenfalls hat man die Quadriga, verpackt in zwölf Container, im Dezember 1806 gen Westen verschifft. Über die Elbe nach Hamburg, dort umgeladen auf ein seetüchtiges Fahrzeug, das Rotterdam erreichte, und – wieder umgeladen – den Rhein hinauf bis nach Metz, und von dort zu Lande und zu Wasser bis nach Paris, wo sie im Mai des folgenden Jahres anlangte. Die Zeitungen dort freuten sich über den Wagen.

Nun denken Sieger ja meistens, daß alles fortan so bleibt. Deshalb wollte Napoleon die Dame mit den Pferden auf einen erst zu bauenden Triumphbogen setzen. Bis dahin aber vergingen Jahre. Inzwischen kamen die Preußen nach Paris. Im Gefolge der sogenannten Befreiungskriege, die daheim nicht das wurden, was der König versprochen hatte.

Eine Legende erzählt, eine hübsche Pariserin habe einem Preußen – Ausländer und Eroberer – verraten, wo die Quadriga samt Zubehör versteckt sei. Das ist doch der Trost! Daß die Menschen sich finden über alle blödsinnigen Kriege hinweg. Die junge Frau soll dafür von ihren Landsleuten hingerichtet, in Berlin aber durch eine Gedenktafel am Brandenburger Tor geehrt worden sein. Nach der dürfen Sie lange suchen …

So ist das immer. Der Ruhm, die Quadriga nach Berlin zurückgeholt zu haben, wird in deutschen Geschichtsbüchern dem Feldmarschall Blücher zugeschrieben. Wie sich das gehört! Es war aber die Pariser Speditionsfirma Simon, ergänzt durch Monsieur Cochard aus Châlons.

Die Rückreise ist genau überliefert. Man brach Stadttore ab. Als Sieger. Hannover, Halberstadt, Magdeburg genossen die Durchfahrt, die am 14. Juni 1814 im Jagdschloß Grunewald endete bei Berlin. Zunächst. Fortan ergötzten sich die Leute, ob Sieg oder Frieden, was nicht dasselbe ist, an diesem Symbol.

Doch wir wollten über Napoleon reden. Viele von Ihnen, hoffentlich viele, sind mittlerweile in Paris gewesen. Sei es nur für Stunden oder Tage. Sie haben mancherlei besichtigt, je nach Interesse oder Möglichkeit: Notre Dame, den Louvre, das Grab von Heinrich Heine – allein deshalb, weil 1990 im Spreewaldort Lübben die Heinrich-Heine-Straße umbenannt worden ist: »Juden unerwünscht«?

In Paris findet jede(r) vieles, das zum Wiederkommen einlädt. Es ist keine Feindschaft mehr zwischen uns. Endlich, nach Generationen, ist es erreicht. Wenn wir es bewahren.

Ich weiß nicht, was Sie dort erlebten. Ich wollte unbedingt Austern essen. Und geriet in ein Restaurant, vom Zeitungshändler an der Ecke empfohlen. Dort speisten am Nachbartisch Menschen von einem Eisberg, der ihnen serviert worden war, Meeresfrüchte, wie ich sie noch nie gesehen hatte. Die Beteiligten griffen zu, plauderten dabei – ganz einfach. Und links und rechts saßen frohe Esser, bei der Suppe oder schon beim Käse.

Und da begriff ich, was ich schon geahnt zu haben glaubte, zumal ich draußen vergeblich versuchte, die Austern-Auslage auf ein Foto zu bringen. (Es waren zuviele Kästen.)

Da wurde mir klar: Man führt keinen Krieg gegen Frankreich. Gegen das Land der vielfältigen Früchte des Meeres, der Fülle guten Weines und der unzählbaren Käse, sondern – falls ein Bündnis mit ihm nicht gelänge – man läßt sich von ihm erobern. Da hätten wir seit fast zweihundert Jahren Frieden, unsere Ruhe und frische Austern gehabt.

Das eigentlich wollte uns Napoleon mitteilen, als er durchs Brandenburger Tor ritt. Er hat es nur nicht gewußt.

(1992)

Schopenhauer

Etwa dort drüben, wo Unter den Linden das Denkmal des Freiherrn von Stein steht, war im alten Berlin die Niederlagstraße. Ihr Name sollte nicht an Feldzüge erinnern, sondern an Außenhandelswege. In der Nummer 4 wohnte 1820 möbliert Dr. Arthur Schopenhauer.

Er lebte mißtrauisch. Hatte immer Angst, scheintot beerdigt zu werden, ließ aber nie einen Barbier an seine Kehle. Nachts lag eine geladene Pistole neben Schopenhauers Bett. Als ihn eines Tages lautes Schwatzen im Vorzimmer störte, stürmte er hinaus und warf in seiner Wut eine Nachbarin zu Boden. Das brachte ihr einen Körperschaden und ihm mehrere Prozesse ein. Schließlich mußte er der Näherin Marquet eine lebenslängliche Rente zahlen. Im Monat fünf Taler. Das traf ihn besonders hart, denn zeitlebens verzehrte Schopenhauer ein ererbtes Vermögen.

Seine Schriften sollte Brockhaus drucken und bekam Briefe wie etwa: »Ich habe nicht des Honorars wegen geschrieben, wie die Unbedeutsamkeit desselben von selbst beweist; sondern um ein lange durchdachtes und mühsam ausgearbeitetes Werk, die Frucht vieler Jahre, ja eigentlich meines ganzen Lebens« – da war er dreißig – »durch den Druck zur Aufbewahrung und Mitteilung zu bringen. Woraus folgt, daß Sie nicht etwa mich anzusehen und zu behandeln haben wie Ihre Konversations-Lexikon-Autoren und ähnliche schlechte Skribler, mit denen ich gar nichts gemein habe als den zufälligen Gebrauch von Tinte und Feder.« Nur, seine Erzeugnisse verkauften sich schlecht. Sein Werk »Die Welt als Wille und Vorstellung« blieb lange wirkungslos.

Zehn Jahre lang gehörte Schopenhauer der Berliner Universität als Privatdozent an und war so von sich überzeugt, daß er seine Vorlesungen zur selben Stunde ansetzte wie Kollege Hegel. Folglich erschien kaum jemand bei ihm. Das verzieh er weder den Philosophen noch Berlin. »Physisch und moralisch ein vermaledeites Nest«, schrieb er später, als er in Frankfurt am Main lebte, einem Berliner Freund. »Ich bin der Cholera dankbar, daß sie mich vor 23 Jahren daraus vertrieben hat.«

Der Philosoph der Weltverneinung. Zwar verdanken wir ihm Wortschöpfungen wie »geistige Genüsse« und »Zeitungsdeutsch«, was zweierlei ist; er hat auch beherzigenswerte Essays über Sprache und Stil und gegen den Lärm verfaßt, aber seine Schriften blieben im Schatten Hegels und unverkäuflich, zu Lebzeiten. Das mag ein weiterer Grund sein, Pessimist zu bleiben.

1860, einen Monat vor seinem Tode noch, schmäht er: »Diese Journalisten lesen Nichts, aber durchblättern Alles.« Gewiß. Auch sein Testament. Er vergaß darin weder Freunde noch Pudel samt Haushälterin. Wen aber setzt einer wie er zum Universalerben ein? »Den in Berlin errichteten Fonds zur Unterstützung der in den Aufruhr- und Empörungskämpfen der Jahre 1848 & 1849 für Aufrechterhaltung und Herstellung der gesetzlichen Ordnung in Deutschland invalide gewordenen Preußischen Soldaten, wie auch der Hinterbliebenen solcher, die in den Kämpfen gefallen sind.« Er hatte die Revolution in Frankfurt am Main miterlebt, fühlte sein Eigentum bedroht und schickte seinen »großen doppelten Operngucker« einem Offizier, der aus einem Fenster »das Pack hinter der Barrikade« beobachten wollte.

Viel Geld vermachte Arthur Schopenhauer einer – wie es noch um die Jahrhundertwende diskret hieß – »dem Theater in Berlin angehörenden Dame, zu der er während der in Berlin verbrachten Jahre in zarten Beziehungen gestanden.« Nanu? Der Mann, der Sätze veröffentlichte wie: »Das niedrig gewachsene, schmalschultrige, breithüftige und kurzbeinige Geschlecht das schöne nennen, konnte nur der vom Geschlechtstrieb umnebelte männliche Intellekt.« Er hat mancherorts, in Dresden und Venedig, diesen Nebel nicht gescheut, aber der in Berlin war wohl der angenehmste. Schopenhauer vermachte 5000 Taler an Caroline Richter aus der Kronenstraße 46, will sagen an Coa Medon vom Opernballett, an die er sich noch nach dreißig Jahren dankbar erinnerte. Von dieser Summe etwas ihrem Sohn zu vererben, das blieb Caroline allerdings untersagt. Jener kam zur Welt, als Schopenhauer dreizehn Monate verreist gewesen war.

(1985)

HOFFMANN, SEHR LEBENDIG

Wer von uns wird seinen letzten Geburtstag begehen in der Gewißheit: Es ist mein letzter?! Ernst Theodor Amadeus Hoffmann hatte am 24. Januar 1822 Freunde um sich versammelt. Er wurde 46 Jahre alt. Fühlte er, daß der Tod sich näherte? Die Freunde tranken köstlichste Weine, während der Dichter sich mit Selterser Wasser, wie es damals hieß, begnügte. Warum? Warum trank er nicht mit, zuprostend? Kaum bewegungsfähig saß er im Lehnstuhl, erregte sich aber heftig über ein mildernd geäußertes Schillerzitat, das da lautet: »Das Leben ist der Güter höchstes nicht.«

»Nein«, schrie Hoffmann. »Nein, leben, leben, nur leben – unter welcher Bedingung es auch sein möge!« Es waren fürchterliche Bedingungen, die den Kranken lähmten. Gerade noch das Testament konnte er eigenhändig schreiben. Danach blieb nur Diktieren.

Noch fünf Monate bis zur Beisetzung auf dem Jerusalemer Friedhof vor dem Halleschen Tor.

Aber während er seine letzten Geschichten aufschreiben ließ, lief gegen ihn ein Ermittlungsverfahren, das sein Sterben beschleunigte. Der seit 1816 tätige Kammergerichtsrat hatte die Demokratie wortwörtlich genommen, als er den Preußischen Polizeidirektor v. Kamptz vorladen ließ, »weil auch die höchsten Staatsbeamten nicht außer dem Gesetz gestellt, vielmehr demselben wie jeder andere Staatsbürger unterworfen sind.« Es ging um den finsteren Turner Friedrich Ludwig Jahn. Der ist jeglicher Regierung allemal sympathisch, weil er den Barren erfunden hat und zur Wehrertüchtigung nützt, oder wie das jeweils genannt wird.

Zu DDR-Zeiten war der Turnvater unter anderem deshalb brauchbar, weil er an der Grenze nach Westen eine Wüste anzulegen vorgeschlagen hatte, und, daß Reisen in das Ausland verboten werden sollten, damit das Nationalgefühl der Deutschen erstarke. Deshalb die vielen Jahn-Sportplätze; und die Jahn-Allee ist allemal länger als die E.T.A.-Hoffmannstraße, falls es eine gibt.

Jedenfalls behandelt der Richter Hoffmann den wegen Hochverrats Angeklagten korrekt, erlaubt ihm Besucher und das Turnen am Barren. Jahn wird ihm wie ein skurriles Geschöpf aus seinen Schriften vorgekommen sein, ein echtes »Fantasiestück«. Aber er setzte sich mit einem Gutachten energisch für dessen Freilassung ein. Den preußischen Polizeidirektor ließ er vorladen, weil der nach der Verhaftung Jahns eine Pressemitteilung hatte veröffentlichen lassen, die dessen Schuld als bereits bewiesen verkündete. Hoffmann weigerte sich sogar, als der Justizminister anwies, das Verfahren einzustellen. Jahn hatte in seinem Richter geradezu einen Verteidiger gefunden, was die demokratischen Rechte anging. Erst als der König eingriff, mußte Hoffmann nachgeben.

Was er tagsüber als Beamter erlebte, schrieb der Dichter Hoffmann abends auf und erschuf sich einen Herrn Knarrpanti, der jenem Polizeidirektor v. Kamptz gleicht, wenn er sagt, nur ein oberflächlicher Richter sei nicht imstande, einem verstockten Angeklagten einen kleinen Makel anzuhängen, der die Haft rechtfertigt. Hoffmann führt Beispiele vor, die man nicht erfindet. Sie sind erlebt. Der überzeugte Staatsdiener Kamptz-Knarrpanti trägt im Märchen seine Ansichten vor: »Ich habe nur mich selbst im Auge und betrachte die ganze Sache als ein Mittel, mich bei dem Herrn wichtig zu machen und soviel Beifall und Geld zu erobern als nur möglich.« Wir haben Mühe, uns das heute vorzustellen, solche Einstellung bei einem hohen Beamten.

Das Märchen trägt den Titel »Meister Floh«. Es gelangt in Lieferungen an den Verlag in Frankfurt am Main. Wenn E.T.A. aufstehen und ausgehen kann, führt ihn sein Weg zu Lutter & Wegner, der nur zwei Ecken entfernten Weinstube, wo er nach der Vorstellung mit seinem Freund Devrient zu zechen pflegt, was zum Ruhm der Gaststätte führt. Viele kommen dorthin, um in der Nähe der beiden zu sitzen. Aber zu laut und mit dem Weinglas in der Hand erzählt Hoffmann, woran er arbeitet. Er muß es loswerden. Die Demütigungen im Amt, und wie er sie satirisch abstreift. Fast wörtlich wird er aus den Protokollen zitieren. Das tragen die Spitzel so schnell nach oben, daß die Polizei schon im Verlag ist, noch ehe das letzte Stück Manuskript eingetroffen ist. Acht Seiten werden Opfer der Zensur und erst 1905 im »Geheimen Staatsarchiv« entdeckt.

Am 22. Februar, einen Monat nach jener letzten Geburtstagsfeier, tritt die preußische Staatssicherheit an Hoffmanns Krankenbett und findet ihn »sehr matt ... aber völlig bei Geisteskräften«. Ja, er hat das Märchen selbst geschrieben und weiß »sich völlig frei von jeder tadelnswerten Absicht.« Anderntags wird er eine schriftliche Erklärung abgeben. Die ist lang und fordert viel Kraft, so daß Hoffmann erst am 28. Februar den Schluß seines Märchens diktieren kann, »mit geschlossenen Augen«.

Das Buch erscheint in verstümmelter Fassung im April. Kein Wunder, daß Goethe und vor allem Heine, der damals in Berlin studierte, sich enttäuscht zeigten. Sie fanden keine »Stellen«…

In seinen letzten Monaten diktiert Hoffmann sich von der Seele, was er noch sagen möchte. Darunter eine Satire auf die Eifersucht im Arbeitsleben: der Neid auf den Erfolg des anderen zerstört Menschenleben.

Dann »Des Vetters Eckfenster«, ein Berliner Bild. Aus der Wohnung in der Taubenstraße 31 gesehen. Hinter dem Schauspielhaus der Blick auf das Markttreiben. Kein Geringerer als Egon Erwin Kisch nannte es »das schönste Feuilleton in deutscher Sprache«. Aus der zweiten Etage der Blick mit dem Fernrohr auf den Markt und in die Seelen.

Es erschien in Fortsetzungen in der Zeitschrift mit dem zutreffenden Titel »Zuschauer«, als Hoffmann im Sterben lag.

Der Todkranke, wir erinnern uns an seinen Ausruf am Geburtstag, ließ sich noch einmal ins Grüne fahren. In gesunden Tagen war dem Dichter die grüne Natur ziemlich gleichgültig gewesen. Jetzt aber wollte er hinaus. Jammerfahrten, heißt es, »wobei vier Menschen ihn in den Wagen tragen mußten und er oft die heftigsten Schmerzen litt.« In der Erzählung fahren Verwandte ihren Onkel »ins Grüne«, denn er bildet sich ein, »die Natur, erzürnt über den Leichtsinn der Menschen, die ihre wunderbaren, geheimnisvollen Arbeiten nur für ein reges Spiel zu kindischer Lust auf dem armseligen Tummelplatz ihrer Lüste hielten, habe ihnen zur Strafe das Grün genommen …« Das klingt heute entsetzlich und vorstellbar. »Dahin ist das Grün, dahin die Hoffnung«. Warum aber heißt die Geschichte »Die Genesung«? Weil nach Hoffmanns Hoffnung die grüne Natur den Kranken heilen wird. Solche Macht hat ein Dichter über seine Geschöpfe. Über sich selber nicht.

Heutzutage liegt die grüne Natur auf dem Krankenbett. Ob aber wir sie noch heilen können?

Auf dem von seinen Freunden gewidmeten, inzwischen erneuerten Grabstein ist Ernst Theodor Wilhelm Hoffmann mit seinen Vornamen korrekt benannt. Das uns vertraute Amadeus, zu Ehren Mozarts – es sei den Gedanken wert, daß er gerade den Königsnamen Wilhelm tauschte ...

Auf dem Stein heißt es in sorgfältig gewählter Reihenfolge:

>*»ausgezeichnet*
>*im Amte*
>*als Dichter*
>*als Tonkünstler*
>*als Maler«*

Er war auch als »Gespenster-Hoffmann« bekannt.

Was bleibt uns zum Trost? Der Schmetterling, der goldene Flatterer auf dem Grabstein, den seine Freunde ihrem Hoffmann setzten. Die alten Griechen hatten *ein* Wort für Schmetterling und für Seele. Das unschuldige Geschöpf, das aus seiner unansehnlichen Puppe sich entfaltet zu vielfarbiger Harmlosigkeit, niemandem Leid zufügt und so schwer zu fangen ist.

Das Symbol des anständigen Menschen.

(1993)

Die Elisabethkirche

Invalidin in der Invalidenstraße. Schwer beschädigt seit Kriegsende. Von einer Baumreihe den Blicken der Vorübergehenden fast entzogen; doch die wenigsten wissen überhaupt von einer Kirche hinter dem Gitter, denn so sieht sie nicht aus, wirkt mit ihren Säulen eher wie ein Antikenmuseum. Und sie hat keinen Turm! Dabei hat Oberbaudirektor Schinkel im Entwurf auch eine viertürmige Kirche angeboten, als er 1828 beauftragt worden war, vier geräumige Gotteshäuser vorzustellen, die billig und bald die seelsorgerische Betreuung der Bewohner der jüngsten Berliner Nordgebiete ermöglichten. Besonders die Gegend um die Invalidenstraße trug als Armen- und Verbrecherviertel einen schlechten Ruf. Um 1770 hatte König Friedrich II. Bauhandwerker und Gärtner angesiedelt, mancher kam aus dem sächsischen Vogtland, und obwohl amtlich schon um 1800 verschwunden, hielt sich der bedenkliche Name »Vogtland« für diese Gegend im Volksmund und in der Literatur. 1843 schreibt Bettina von Arnim ihr Buch, das dem König gehört, über das Elend in diesem Viertel. Es ist himmelschreiend, ungeachtet der schönen Kirche, für die Schinkel in seiner schier unerschöpflichen Genialität auch die Innenausstattung entworfen hat: die Holzemporen, die farbige Verglasung der Fenster, die Engelsgestalten im Altarraum und den Taufaltar. Der blieb erhalten und steht im Gemeindehaus. Berliner Zinkguß, 1834, geformt von August Kiss, dem wir die reitende Amazone vor dem Alten Museum verdanken. Wer, wie unsereins, die Zerstörung der Schinkel-Schöpfung beklagt, dem führt ein Foto von 1936 dafür eine Ursache vor. Ein Transparent, gotteslästerlich quer über die vier mittleren Säulen gespannt: »Daß wir unsere Kirche erneuern, verdanken wir dem Führer!« Damit war keine bauliche Erbauung gemeint.

Als Friedrich Wilhelm III. diese nördlichen Kirchen in Auftrag gab – St. Johannis, St. Paul und Nazareth –, sollte die vierte St. Matthäi heißen. Der König, hohe Herren können das, änderte ihren Namen in St. Elisabeth. Die einen erblickten es als Ehrung der Mutter Johannes des Täufers, besser Informierte erkannten die Geste für die Schwiegertochter: Elisabeth, 1823 als bayerische Prinzessin nach Preußen gekommen. Ihre verbürgt schönen Augen hatten den Kronprinzen Friedrich Wilhelm bezaubert. (Was schadet es, wenn die Braut hübsch ist.) Elisabeth Ludovika, seit 1840 Preußens Königin für nur achtzehn Jahre, das schicksalschwere 1848 inbegriffen, blieb am Rande der Geschichtsschreibung. Wohltäterinnen sind nicht interessant. Elisabeth linderte, so gut sie vermochte, die Not der armen Leute. Daher kommt uns beim Anblick der Kirchenruine vielleicht der Gedanke an Barmherzigkeit.

(1991)

MÄRZGEDANKEN

Auf der Burg Hohenzollern in Baden-Württemberg, Familiendenkmal und Geschichtsmuseum in einem, kommt man beim Rundgang an vielen Kostbarkeiten vorbei; an Reliquien wie der handgestickten Courschleppe der Königin Luise, mit der sie 1807 Napoleon gegenübertrat. Da sind Ordensbänder, Bildnisse, Krückstöcke und Taschenuhren zu sehen. Und eine Lebenssäule. Die hat man eines schönen Jubiläumstages dem Kaiser Wilhelm I. geschenkt. Eine transportable Säule, Silber, geschmückt mit rund 120 Daten und Ereignissen aus seinem Leben, das lang währte, von 1797 bis 1888. Die Gravuren sind als Girlande um den Zylinder gewunden. Ein schöner Einfall. Man möchte wissen, wer darauf gekommen ist, müßte dies und jenes notieren, aber das Mädchen, das mir Kaiser, Könige und Kurfürsten erklärt, drängt. Es ist ja ohnehin ein Glück für unsereinen, zwischen zwei Reisegruppen geraten, als einzelner geführt zu werden. Aber eine Notiz muß sie noch gestatten.

1848, 19. März: Reise nach London
2. April: Besuch des Gottesdienstes in der Savoykirche in London
Das ist alles. Das ist alles?

Nun erwartet schließlich niemand, an einem Jubeltag an dunkle Stellen in seinem Lebenslauf erinnert zu werden; da bleibt das Skelett im Familienschrank.

Ich möchte meist gern etwas mehr wissen, als im Geschichtsbuch steht. Und wenn dort das angeblich Wichtige mitgeteilt wird, frage ich gern: aber Wo war es? Und Wie trug es sich genau zu? Denn nicht nur der Teufel steckt im Detail, sondern die eigentliche Geschichte.

Die März-»Reise nach London« war kein Spaziergang vor Ostern. Wie kam es dazu?

Märzrevolution. Seit Anfang des Monats hatte die Berliner Bevölkerung in Versammlungen und Bittschriften gefordert: Redefreiheit. Pressefreiheit. Amnestie für alle politischen Gefangenen. Freies Versammlungsrecht. Freies Vereinigungsrecht. Verminderung des stehenden Heeres und allgemeine Volksbewaffnung, eine allgemeine deutsche Volksvertretung und die Einberufung des Vereinigten preußischen Landtages. Unerhörte, un-erhörte Forderungen.

Seit dem 13. März war es zu Zwischenfällen gekommen. Volk contra Militär, Militär contra Volk. Wer kann sagen, wie etwas anfängt? Verletzte. Tote. Am nächsten Sonnabend, es ist der 18. März, demonstrieren an die Zehntausend vor dem Schloß. Einige Reformen werden zugestanden; da läßt der König den Schloßplatz säubern. Durch Militär zu Fuß und zu Pferd (wir haben dergleichen oft genug im Fernsehen betrachten müssen). Zwei Schüsse fallen. Ein Toter. In wenigen Stunden gibt es über 150 Barrikaden in der Stadt. Man kämpft.

Am Sonntag, am 19. März, ordnet der König früh an, daß die Angriffe eingestellt werden; die Truppen sollen die Stadt verlassen. Es kommt zu der berühmten Szene, von der wir Augenzeugenberichte haben. Adolf Streckfuß: »Die auf dem Schloßplatz versammelte Volksmenge vergrößerte sich unaufhörlich, nachdem der König sich zurückgezogen hatte; auch die Schloßhöfe waren bald gefüllt, man erwartete hier die Züge von Verwundeten und Leichen, welche ankamen. Die ersteren wurden in die Säle des Schlosses getragen, dort hatte man Fürsorge für ihre Aufnahme und Pflege getroffen.

Ein wildes wirres Durcheinander herrschte auf den Höfen, auf dem Schloßplatz und Lustgarten …

Die Gefahr, daß es zu stürmischen, ja blutigen Auftritten kommen könne, schien trotzdem groß, denn die Aufregung der Menge steigerte sich bei jedem neuen Leichenzuge, bei jedem Transport von Verwundeten, der eintraf …

Immer bedrohlicher wurde die Aufregung der sich fortdauernd vergrößernden Menge; man hörte den lauten Ruf nach Volksbewaffnung. Als im Lustgarten der Polizeipräsident von Minutoli erschien, wurde er von vielen Bürgern umringt und aufgefordert, sofort dem Könige Mitteilung zu machen, daß die Bürger bewaffnet zu werden wünschten, er selbst solle sich an die Spitze der neu zu errichtenden Volkswehr stellen …

Ein neuer Leichenzug langte vor dem Schlosse an, er war grauenhafter als einer der früheren. Vier Leichen, die mit grünen Zweigen geschmückt, deren Bahren mit Blumen belegt waren, wurden in das Schloß getragen. Man hatte ihre Wunden entblößt. Vor dem Schloßportal unter dem Balkon des Königs hielten die Träger. In wilder Wut rief die versammelte Menge, der König solle erscheinen. Die Grafen Arnim und Schwerin traten auf den Balkon, sie versuchten es vergeblich, durch versöhnende Worte das Volk zu beschwichtigen. Immer lauter, immer wilder ertönte der Schrei: Der König! Die Minister vermochten durch den tosenden Lärm nicht mit ihrer Stimme zu dringen.

Die Aufregung wuchs, sie erschien so gefährlich, daß endlich der König sich bewegen ließ, auf den Balkon zu treten. Am Arme führte er die Königin. Als er hinaustrat und die blutigen entstellten Leichen sah, zeigte er sich schmerzlich bewegt, die Königin bebte erschreckt vor dem entsetzlichen Anblick zurück.

Der Ruf ›Hut ab!‹ erschallte. Der König zuckte beleidigt zusammen, aber er zollte den Toten seine Achtung, indem er das Haupt entblößte. Er wollte zum Volke sprechen; der Lärm war so groß, daß er sich vergeblich bemühte, zum Worte zu kommen. Grüßend trat er zurück, tief erschüttert, tief erschöpft; die Leichen wurden fortgetragen, das Volk aber stimmte den Choral: Jesus, meine Zuversicht an.

Die erschütternde Szene hat wohl auf alle, welche Zeugen derselben waren, einen tiefen unauslöschlichen Eindruck gemacht. Sie war der Gipfelpunkt der Revolution; das aber sahen damals nur wenige klar und scharf blickende Politiker ein. Zu diesen Wenigen gehörte ein bewährter Kämpfer für die Freiheit, der Schriftsteller Stein. Ich begegnete ihm eine halbe Stunde später Unter den Linden. Von Aufregung glühend rief ich ihm zu: ›Wissen Sie schon? die Volksbewaffnung ist gewährt, die Revolution ist beendet!‹ Er entgegnete ernst: ›Wir haben keine Revolution, nur einen blutigen Volksskandal gehabt.‹ ›Keine Revolution?‹ fragte ich im höchsten Grade erstaunt, sogar entrüstet. ›Nein, nur eine Emeute [Aufstand, Aufruhr]. Ein Volk, welches ein paar Stunden nach dem Kampfe ›Jesus meine Zuversicht‹ singt, macht keine Revolution.‹ Mit diesen Worten verließ er mich. Ich habe erst viele Monate später erkannt, daß er recht hatte.«

Karl August Varnhagen von Ense notiert eine »sehr zuverlässige Mitteilung vom Hofe«, die besagt, daß in jener Nacht vom 18. zum 19. März ein angesehener Mann den König um Feuereinstellung bat. »Der König lag auf den Arm gestützt und schwieg. Da trat der Prinz von Preußen heran und rief: ›Nein, das soll nicht geschehen, nimmermehr! Eher soll Berlin mit allen seinen Einwohnern zugrunde gehen.‹« Das erklärte in ähnlicher Weise jener Hitler in seinem Bunker; das ganze Volk einbeziehend.

Der Prinz von Preußen: »Wir müssen die Aufrührer mit Kartätschen zusammenschießen.«

Diesen Ausspruch haben mehrere gehört. Daher sein Beiname: Kartätschenprinz.

Kartätschen? Seltsames Wort für einen Geschoßhagel. Der englische Artillerieoberst Shrapnel erfand um 1800 eine Granate mit doppeltem Boden, Flintenkugeln und einer besonders starken Sprengladung zwischen beiden; das fliegt nach allen Seiten zwischen Infanterie, Kavallerie und Volksmassen.

Varnhagen am 20. März: »Die allgemeine Überzeugung ist, daß der Prinz von Preußen und die aristokratischen Offiziere den Augenblick günstig fanden, ihre Wut zu kühlen und das ›Gesindel‹ zu Boden zu schmettern. Ein Ausruf des erschöpften Königs: ›Ach, ich kann nicht mehr! Schafft mir Ruhe, schafft mir die Leute weg!‹ – gar kein militärischer Befehl –, diente zum Vorwand; der Prinz gab den Befehl einzuschreiten und fügte leise hinzu: ›Und nur tüchtig, blindlings und schonungslos!‹ ... Daher ein furchtbarer Haß gegen den Prinzen und seinen ganzen militär-aristokratischen Anhang.«

Assessor Schramm, später Präsident des Demokratischen Klubs, am 20. März in der »Zeitungshalle«: »Diese Elenden waren die Höflinge und reaktionären Offiziere. Sie traf der Haß des Volkes und damit auch ihren Gönner, den Prinzen von Preußen. Seine Gegenwart erschien als eine Gefahr für die junge Freiheit, ja selbst für den nur durch sie gesicherten Thron. Er entschloß sich daher auf Wunsch des Königs zu der an Zwischenfällen reichen Flucht, die ihn über Spandau und die Pfaueninsel an den Hof der jungen Königin Viktoria von England führte – zu einer Flucht, die auf sein Verlangen nachträglich den Schein einer diplomatischen Mission erhielt.«

Bei »Prinz« denkt man gern an »Dornröschen« und »Schwanensee«, dieser Prinz Wilhelm aber war bereits 51 Jahre alt, und sein Bruder, der König, nur zwei Jahre älter.

Andere Details. Gerd Heinrich in der »Geschichte Preußens«: »Das blutrünstige Verhalten des Prinzen von Preußen: (›Grenadiere, warum habt ihr die Hunde nicht auf der Stelle niedergemacht‹), seine, am idealen Altpreußentum gemessen, unpreußischen Affekte ließen die rasche Entfernung aus Berlin als unumgänglich erscheinen. Nach dem ungenauen Befehl des Königs, die Truppen aus den Kampfgebieten herauszuziehen, hat er diesen angeschrien: ›Bisher hab' ich wohl gewußt, daß du ein Schwätzer bist, aber nicht, daß du eine Memme bist! Dir kann man mit Ehren nicht mehr dienen.‹ Er soll seinem Bruder den Degen vor die Füße geworfen haben. Dieser habe in Tränen der Wut geantwortet: ›Das ist zu arg! Du kannst nicht hier bleiben, du mußt fort!‹ Und: ›Ich bin verraten, aber nicht feig, verraten von meinen Ministern und verraten auch von dir, der du dich jetzt so erfrechst, daß ich dich sollte verhaften lassen und vor ein Kriegsgericht stellen!‹«

Das ist der Originalton im Innern des Schlosses. Wir erfahren so selten, wie's drinnen aussieht.

Wie es damals um die Stadt, um das Königreich und um die republikanischen Chancen stand, erkennt einer an der Tatsache, daß damals auch die Königskrone und der Kronschatz nach England gebracht wurden, zur Verwandtschaft.

Varnhagen am 21. März: »Der Prinz von Preußen ist nach England abgereist.« Aber wie?

Major August von Oelrichs, Offizier im Stabe des Prinzen, brachte nachmittags die Kinder in Sicherheit. Die zehnjährige Prinzessin Luise und den Kronprinzen Friedrich, der damals siebzehn Jahre zählte und 1888 nur 99 Tage als deutscher Kaiser regieren wird. v. Oelrichs: »Wir fanden zwischen dem Dom und dem Schloß eine alte Kutsche des Prinzen, ohne Wappen und sonstigen Schmuck, mit einem einfachen Gespann und einem Kutscher ohne Livree, die dort für alle Fälle aufgestellt war.« Durch einen »kleinen, nach dem Lustgarten gelegenen Ausgang« erreichen sie den Wagen und fahren unerkannt und unbehelligt in ruhigem Trab die Linden entlang zum Brandenburger Tor, und von dort in seine Wohnung in der Potsdamer Straße.

Der Prinz von Preußen und seine Gemahlin sollten ebenfalls dorthin kommen. Das mißlingt, weil die begleitende Hofdame die Hausnummer des Majors vergessen hat, also fahren sie zu einem befreundeten Geheimrat nahebei. Dort wird in aller Eile »eine Art Zivilkostüm für den Prinzen hergestellt, das toll genug ausgesehen haben muß, da der Prinz doch groß war« und der Gastgeber nicht. Etwas beengt kutschiert der Prinz allein weiter nach Spandau, geht in ein Hotel, läßt sich von einem Oberst in die Zitadelle bringen, die »für alle Zivilisten unzugänglich war«; dort bleibt er, wie der Staatsschatz gut bewacht, bis zum 21. März. Dann kam ein »als Bauernjunge verkleideter« Offizier mit einem »gewöhnlichen, mit Strohgesäß versehenen Bauernwagen nach der Zitadelle und fuhr den Prinzen an die Havel bei Pichelsdorf, von wo ihn zwei als Fischer verkleidete Offiziere in einem Nachen zur Pfaueninsel ruderten.« Falls das verfilmt wird, sollte man es à la Chaplin versuchen, anders nicht. Denn sie wären sofort und gern mit ihm (Wilhelm) an der Spitze in Berlin einmarschiert, alles niedermachend.

Der weitere Weg über Perleberg bis nach Hamburg ist voller lächerlicher Abenteuer. Der Prinz, man denke, muß sich sogar den gepflegten Schnurrbart abrasieren.

Er hat noch ein anderes Problem. Er hat kein Geld. Gewohnt, sich weder Fahrkarten noch anderes Alltägliche kaufen zu müssen, kommt er als Normalbürger in Schwierigkeiten. Da erscheint als Retter in der Not – man müßte die Querverbindungen erfahren – der Bankier Moritz Cohn aus Anhalt und stellt die nötigen Gelder für die Fahrt durch Hamburg nach London zur Verfügung. Legte »damit allerdings auch den Grundstein für seine eigene Karriere, die ihm den Titel Hofbankier und Baron einbrachte«. So Eugen Wolbe in seiner »Geschichte der Juden in Berlin«, die ergänzt werden muß durch den Nachtrag, daß Kaiser Wilhelm II. beim Regierungsantritt 1888 diese Bankverbindung sofort kündigte und fortan einen Bankier v. Krause zum Hofbankier ernannte.

Noch einmal zurück zum 19. März 1848. Abends gegen 20 Uhr. Der Prinz von Preußen und seine Frau haben den königlichen Befehl zur Dienstreise nach England bekommen. Draußen ist revolutionäre Stimmung. Major v. Oelrichs: »Es kam vor allem darauf an, sicher aus dem Berliner Schloß herauszukommen. Der Prinz ließ sich daher den Mantel und die Mütze eines Schloßdieners, die Prinzessin den Hut und den Mantel einer Kammerfrau geben, und nun gingen beide geführt« – wir wollen dieses letzte Wörtchen nicht überlesen – »mitten durch die wogenden Volkshaufen unerkannt nach dem Palais, das sie von der Behrenstraße aus betraten.«

Das Palais des Prinzen von Preußen findet der Spaziergänger heute am alten Standort Unter den Linden, Ecke Bebelplatz. Wenn die Verkleideten es vom Hintereingang aus betraten – die Behrenstraße heißt bis heute Behrenstraße – gingen sie durch Hof und Garten vorbei am Nachbarhaus. Oelrichs: »Hier wurde schleunigst ein unscheinbarer Wagen angespannt, und es fuhren der Prinz mit der Prinzessin und der Gräfin A. Haake zum Brandenburger Tor, um zu mir zu fahren.«

Der »unscheinbare Wagen« gehörte dem Nachbarn. Dem Seidenhändler Julius Wolf Meyer, dessen Geschäftshaus in der Behrenstraße neben dem prinzlichen Palais lag. Es heißt bei Wolbe, daß Meyer selbst kutschierte, was durchaus denkbar ist. Nachbarliche Hilfeleistung oder auf Grund bestehender Geschäftsverbindung. Dieser kritische Weg vom Palais bis in die Potsdamer Straße, dieser Beistand – Prinz Wilhelm hat das als Regent, als König und Kaiser nicht vergessen: »So lange Meyer lebte, bezeigte ihm der Kaiser alljährlich seine Dankbarkeit durch Übersendung irgendeiner mit seinem Namenszuge geschmückten Kostbarkeit aus der Königlichen Porzellanmanufaktur.« Und nun, wer zu viel gelesen hat, wendet jetzt einen Gedanken an jene Zeit, als Juden zwangsweise Porzellan bei dieser Manufaktur kaufen mußten, wie beispielsweise Moses Mendelssohn beim Urgroßonkel des Prinzen von Preußen.

Eugen Wolbe, der zu den vergessenen Berlinern zählt, hat in seinem 1937 erschienenen Buch versucht, wie damals andere vor und mit ihm, nachzuweisen, daß jüdische Mitbürger »gute Deutsche« gewesen sind. Der Seidenhändler Meyer, der Bankier Cohn. Major und Adjudant v. Oelrichs hatte in seinem Buch »Die Flucht des Prinzen von Preußen« (1913) diese loyalen Juden weggelassen. Vielleicht hat man es ihm nicht erzählt, wem der unscheinbare Wagen gehörte und wer das Fahrgeld nach London vorschoß. Oder es gehörte sich nicht mehr, daran zu erinnern.

Da stehen wir im Lustgarten, weil es auf der Bank kühl geworden ist. Man fröstelt.

Wie immer, die zu nahe stehenden Zeitgenossen wissen nicht alles. Kein Einblick. Überall ist Watergate. Aber keine mutige Zeitung. Unerschrockene Journalisten fände man.

Aber ein weniges reicht sich weiter. Wir haben in unserem Blickfeld: Meyer und Cohn helfen dem Prinzen von Preußen. So gut sie können, nicht ohne Eigennutz vorausschauend. Ihr Ergebnis: Geheimer Kommerzienrat und Hofbankier. Sie sind Geschäftsleute. Nur mit einer ordentlichen, vom Volke unbehelligten Regierung können sie ihre Existenz behaupten. – Es passiert ja wirklich alles in knapp einer Woche, manches sogar am selben Tage: Tot liegen inmitten der Märzgefallenen zwei Juden. Alexander Goldmann und Simon Barthold. Ihre Gräber sind auf dem Friedhof in der Schönhauser Allee. – Und bei der Trauerfeier, deren farbige Abbildung Adolph Menzel leider nie vollendet hat, sprach nach dem evangelischen und dem katholischen Geistlichen gleichberechtigt der Rabbiner Michael Sachs. Will jemand noch mehr Beispiele aus der deutschen Geschichte dafür, daß es nicht auf die Religion ankommt, auf Nase oder Vorhaut, sondern auf die Klasse; nie auf die Rasse, die sogenannte …

Gedanken auf der Bank im Lustgarten.

Der Prinz von Preußen kehrte bald zurück und sprach schon am 8. Juni vor der Nationalversammlung in Berlin. Genau ein Jahr später ist er Kommandeur der Armee gegen die Aufständischen in Baden und in der Pfalz; und blutig nimmt er Rache für die zu enge Weste, den abrasierten Schnurrbart und den unscheinbaren Wagen damals im März. Im Oktober 1849 zum Militärgouverneur am Rhein und in Westfalen ernannt, wird er am 12. Oktober in Berlin begeistert empfangen. Das ist belegt.

Das unvorstellbar/vorstellbar kurze Gedächtnis eines Volkes. Wilhelm regiert dreißig Jahre, beginnt und gewinnt drei Kriege, wird Kaiser. Verehrt, bejubelt; man drängt sich wegen seines Anblicks vor dem »historischen Eckfenster«, wo er jeden Mittag die vorbeimarschierende Wachtparade grüßt.

Das Eckfenster ist noch da. Ich weiß nicht, wer dahinter seinen Arbeitsplatz hat. Weiß auch nicht, ob alle da drin wissen, wer da einst ... Das Palais, an das man in jenen unruhigen Tagen »Nationaleigentum« schrieb, um es vor der Plünderung zu behüten, ist mittlerweile Nationaleigentum geworden.

Damals, am 21. März 1848, wollte ein Dr. Genzmer ganz in der Nähe ein Revolutionsdenkmal errichten lassen. Gegenüber der Universität, wo mittlerweile König Friedrich II. reitet; und zwischen Opernhaus und Bibliothek, wo 1933 die Bücher verbrannt wurden. Soviel ich weiß, erinnert heute in dieser Gegend nichts an die Märztage von 1848. Also muß man wenigstens an sie denken, wenn man durch die Behrenstraße über den Bebelplatz zum Lustgarten geht.

(1989)

Das echte Scheunenviertel
Für Pieke Biermann

Seltsamerweise haben eifrige Reporter, Filmer und andere, die ungern in Quellen nachlesen oder gar vor Ort gehen, das Berliner Scheunenviertel in eine für sie interessantere Gegend verlegt. Nämlich zum Hackeschen Markt, in die Große Hamburger Straße und bis weit in die Auguststraße hinein. So geht das seit etwa zwei Jahren; und einer schreibt vom anderen ab, wie üblich. Wer da denkt, die Geschichtsklitterung würde mit der Wende aufgehört haben, der irrt.

Das Scheunenviertel, entstand um 1700 als ein Stück Vorstadt. »Die Menge der Scheunen war groß, weil früher fast jeder Einwohner, der nur einen ziemlich bedeutenden Hausstand hatte, selbst höhere Staatsbeamte Ackerbau und Viehzucht« trieben, so Ernst Fidicin 1843. Er nennt die Gegend genau. Die Scheunen »nahmen fast den ganzen Raum zwischen der Grenadierstraße« (heute Almstadtstraße), »Prenzlauer Straße« (nach 1950 verschwunden), »Hirtengasse« (heute Hirtenstraße) und »Linienstraße ein«. Letztere beginnt heute mit Haus Nr. 13, und nach wenigen Schritten steht man vor der Volksbühne am Rosa-Luxemburg-Platz, dem mehrfach umbenannten. Aber nun hoffentlich nicht mehr!

Wo dieser von 1913 bis 1915 errichtete, erste moderne Theaterbau Berlins steht, auf einem eigenartigen Dreieck, wie der Stadtplan zeigt, da waren einst die 1., 2., 3. usw. Scheunengasse. Schon vor über einem Jahrhundert entbehrlich, weil die Eisenbahn die wachsende Stadt versorgte. 1902 genehmigte der Magistrat die Sanierung des Scheunenviertels.

Es blieb die Gegend mit den berüchtigten Straßen wie Mulackstraße, Dragonerstraße und andere. Dort konzentrierte sich die ostjüdische Einwanderung, die mit ihren Glaubensbrüdern in der Oranienburger Straße nicht einmal den Gottesdienst gemein hatte. Daher die Vielzahl privater Synagogen in den erwähnten Straßen. Dort gab es koschere Lebensmittel, Läden aller Art und den Anblick der Orthodoxen mit Bärten, Schläfenlocken und schwarzen Hüten. Es wäre vielleicht eine Art Getto gewesen, hätten nicht mittendrin vielerlei Eingeborene gelebt. Nicht zuletzt eingeschriebene Kommunisten, darunter aber Hehler, Diebe, Zuhälter, allerlei vorbestrafte Mitglieder im Rot-Frontkämpferbund. Das war wohl der Grund dafür, daß man in den letzten zwanzig Jahren dieses historisch bedeutsame Viertel verkommen ließ, keine Gedenktafeln setzte und Lücken mit nichtssagenden Neubauten füllte.

Das echte Scheunenviertel – es gibt einen Verein, es gibt Baupläne. Ein »Schendelpark« soll entstehen, an der Schendelgasse, der vor Jahrhunderten ein Eckhausbauherr seinen Namen gab.

Da ist die Max-Beer-Straße, von der niemand sagen kann, ob es sich um den Journalisten handelt oder um den Arzt dieses Namens, der manchem Mädchen, mancher kinderüberreichen Mutter über den Paragraph 218 hinweg half.

Ursprünglich hieß sie Dragonerstraße. Benannt nach den Reitern vom Regiment Derfflinger, die 1683 zur Briefbeförderung verwendet wurden in Berlin. Also nützliche Soldaten. Aber das ist schon wieder eine andere Geschichte …

(1992)

Variationen über Mendelssohn

David Friedländer (1750-1834), Freund und bedeutendster Schüler von Moses Mendelssohn, 1812 als erster Jude Stadtrat in Berlin, erinnerte sich später an eine Begebenheit: »Moses Mendelssohn ging mit Professor Engel im sogenannten Lustgarten lustwandelnd auf und ab. Ein berauschter, seinem Dialekt nach polnischer Soldat bleibt mit an der Seite gestemmten Armen stehen und stößt die gemeinsten Pöbelworte gegen den buckligen Juden aus. Da darauf nicht geachtet wird, geht er den Männern nach, und ist nach Stellung und Handbewegung im Begriff, den kleinen Mann mit wiederholten Schimpfreden am Ohrläppchen zu ziehen. Engel, der zur Rechten Mendelssohns geht, darüber empört, hebt seinen Stock, um den Unverschämten tätlich abzuwehren. Aber der gleichmütige Weltweise fällt ihm schnell in den Arm. ›Nicht doch! Freund, lassen Sie dem unglücklichen Sklaven die Freude, einen Juden ein wenig necken zu dürfen.‹ Engel konnte den Vorfall nie ohne Rührung erzählen. ›Den liebreich ironischen Ton des edlen Mannes‹ – setzte er hinzu – ›kann ich nicht nachmachen.‹«

Moses Mendelssohn ging mit Professor Engel im sogenannten Lustgarten lustwandelnd auf und ab. Ein berauschter, seinem Dialekt nach Berliner Soldat stößt die gemeinsten Pöbelworte gegen den buckligen Juden aus. Der Professor, darüber zwar empört, hebt nicht seinen Stock, um den Unverschämten tatsächlich abzuwehren. Der Weltweise greift selber zu: »Geben Sie her, mein Bester!« und prügelt den uniformierten Lümmel hinweg.

Moses Mendelssohn ging mit Professor Engel im sogenannten Lustgarten lustwandelnd auf und ab. »Würden Sie, Verehrter, Ihren linken Arm mit der Aktenmappe ein wenig höher halten, damit man den Judenstern nicht gleich sieht«, sagt Professor Engel, dem wir im Jahre 1942 zugute halten wollen, daß er sich überhaupt mit einem Gebrannmarkten öffentlich sehen läßt.

Moses Mendelssohn ging mit Professor Engel im sogenannten Lustgarten in Berlin lustwandelnd auf und ab. Ein stocknüchterner Obersturmbannführer nähert sich und spricht auf den Juden ein: »Wenn Sie mir bitte bescheinigen wollen, daß ich nie einem Juden ein Haar gekrümmt habe …« Mendelssohn scheint wohlwollend zu überlegen. Der Professor, darüber empört, hebt seinen Stock, um den Unverschämten tätlich abzuwehren. »Nicht doch, Freund! Lassen Sie einem Juden doch die Freude, einen SS-Mann ein wenig necken zu dürfen.« Engel konnte den Vorfall nie ohne Rührung erzählen. »Den liebreich ironischen Ton des edlen Mannes kann ich nicht nachmachen.«

Moses Mendelssohn ging mit Professor Engel im sogenannten Lustgarten lustwandelnd auf und ab. Ein in seinem Dialekt nach zeitgenössischer Geschichtslehrer geht an ihm vorbei und stößt gemeine Pöbelworte gegen die historische Wahrheit aus, über die er nach Stellung und Handbewegung ein Kapitel zu verfassen beabsichtigt. – Mendelssohn möchte den Unverschämten am Ohrläppchen zupfen, höchstens das, aber ein nicht betrunkener, seinem Dialekt nach russischer Spaziergänger nimmt tatsächlich den Juden beim Arm: »Nicht doch, Freund! Lassen Sie dem Unglücklichen noch ein bißchen die Freude an der Geschichte, wie er sie auswendig gelernt hat …« – Mendelssohn konnte den Vorfall nie ohne Rührung erzählen. »Den liebreich ironischen Ton des toleranten Genossen würde ich gern weiterempfehlen.«
(1989)

Wenn die Albrechtstrasse erzählt

Er kam als Neunjähriger 1890 nach Berlin. Die Eltern zogen in die Albrechtstraße 20. Da hatte es sein großer Bruder, der in der Charité amtierte, von hier fast ebensoweit wie der Vater, der als Rabbiner zur Reformgemeinde in die Johannisstraße ging. Der kleine Victor Klemperer unterdessen spielte mit Gebilden, die ihrer Exotik wegen ein Jahrhundert später erwähnt werden müssen: Murmel, Kreisel und Reifen. Das darf heute kein Kind mehr auf der Straße riskieren. Aber auch damals war es nicht ungefährlich. Victors Reifen wurde in der Luisenstraße, die jetzt wieder so heißt, von einem Schlächterwagen überfahren.

»Schlächterwagen waren die gefürchtetsten Verkehrssünder ... feurige Pferde, feurige Fahrer«; Pferdestärken, wie gehabt.

Die Albrechtstraße, 1827 nach einem preußischen Prinzen benannt, hat noch etwas Altberlinisches. Ungeachtet der verputzten Fassaden. Die Nummer 20 – vermutlich inzwischen umnummeriert – steht an einem altertümlichen Backsteinbau; der beherbergt eine Kindertagesstätte: im Zusammenziehdeutsch nur noch »Kita«. Da hätte Klemperer, der sorgsam die Sprache des Dritten Reiches festhielt auf winzigen Zetteln, denn seine Schreibmaschine war von der Gestapo beschlagnahmt worden, da hätte er in der Sprache des mittlerweile Fünften Reiches eine Fundgrube.

Sind Menschen seines Formats nachgewachsen? Oder spielen sie, noch? In Straßen, die so still sind wie die Albrechtstraße manchmal spätabends?

Tagsüber beparkt zu beiden Seiten, lockt sie als Schleichweg arglose Autos in die Einbahnstraße. Die stehen nach zwanzig Metern gezügelt von der Müllabfuhr. Deren Männer leeren – und ihr wißt, wie es aussieht, wenn sie es nicht tun! – links und rechts die Container. Niemand überholt in der Albrechtstraße! Da ist sie plötzlich recht lang. Nur für den Spaziergänger nicht. Nein, doch! Denn er atmet den Stau ein.

Zu Zeiten des kleinen Victor war die Albrechtstraße gepflastert, die Schumannstraße bereits asphaltiert. Das sich dadurch ändernde Geräusch der Wagenräder und Hufschläge, das Spiel der Lichter auf dem nassen Asphalt faszinierte den Jungen so, daß er sich noch als Mitfünfziger lebhaft daran erinnerte.

Die Straßenjungen, Söhne der Portiers und andere Kellerkinder, nahmen den jüdischen Knaben »mit rauher Freundlichkeit als ihresgleichen auf«. Nur sein Hochdeutsch und seine buntschönen Murmeln forderten soziale Vergeltung heraus. Bis Victor »den elterlichen Kapitalismus unter grauen Murmeln« verbarg. Die Straße der Kindheit enthält die Welt.

(1992)

Viele Deutsche hiessen Wilhelm

Nicht weit von seinem ehemaligen Schloßgelände entfernt, im Zeughaus, war bis neulich »Wilhelm II. im Exil« ausgestellt. »Der letzte Kaiser«, wie es etwas riskant und ohne Fragezeichen hieß. Eine Ausstellung des Deutschen Historischen Museums in den Räumen, in denen noch unlängst die deutsche Geschichte vom Standpunkt der Arbeiterklasse aus zu sehen war.

Stichtag 9. November. Diesmal betrifft es den Kaiser, der sich 1918 nach Holland verabschiedete ins Exil. Wie man sieht, nahm er alle seine Uniformen mit oder ließ sie sich nachschicken. Wie bei einer aufgehörten Liebe. Die Männer denken, es geht doch wieder los, aber die Frauen denken gar nicht daran.

Wer die Treppe emporschreitet – dieses Wort paßt zu ihr –, sieht den in einen Zivilanzug gekleideten Wilhelm lebensgroß aus Pappe auf einer weißen Parkbank sitzen, als ob er möchte, daß jemand sich neben ihn setzt und zuhört. Wer aber erwartet, es käme aus dem Lautsprecher irgendeine Rede, sei es gegen die »Hunnen« oder die Sozialdemokraten gewesen, wird durch Schweigen enttäuscht.

Ein Mammutschrank mit Uniformröcken. Und auf jedem die Riesenschulterstücke, wie sie auch Fidel Castro und Saddam gewachsen sind, denn Protz und Größenwahn gehen quer durch die Staaten und ihre Führer. Säbel und Dolche, Orden und Mützen in Fülle. Wilhelm II. hatte, was ihm nie ausgeredet wurde, ein Selbstverständnis als »Instrument des Herrn«. Der erlaubte ihm alles. Hitler berief sich für seine Zwecke auf »die Vorsehung«. Beide Male ging es schief.

Des Kaisers Vorliebe für die Kriegsflotte: Schöne Bilder seiner Marinemaler. Die Kommunisten hätten hier die Zahl der ertrunkenen Matrosen mitgeteilt und an den Aufstand der Flotte erinnert, dafür aber die durch weitere Goldstreifen ergänzte Admiralsuniform vermieden. So ist das immer.

Im Exil, wo ihm viel Wald zur Verfügung stand, ließ Wilhelm Bäume fällen und sägte fleißig als einarmiger Mitarbeiter. Dieser Anblick im Film hat etwas Rührendes. Aber wenn er an sein Gesinde Porträtfotos verteilt, da ist er der Alte.

Geschichte nachzustellen ist womöglich noch schwieriger, als sie mitzuerleben. Nicht einmal das Deutsche Historische Museum wagt derzeit eine Ausstellung »Honecker als Jäger«; und es gäbe doch so schöne Objekte. Und Subjekte.

Wieder draußen Unter den Linden. Soeben den Kaiser betrachtet auf dem Weg zur Parade oder Parole. Unvorstellbar heute. Aber da kommt unsereinem die Vorstellung: Im Jahre 2045 wird es hier eine Hitler-Ausstellung geben.

(1992)

In der Strasse seiner Jugend

Kommt sein vokalreicher Name heute etwa noch in Kreuzworträtseln vor? Zu seiner Zeit war er als Theaterkritiker zuweilen gefürchtet; er sammelte, gab heraus, schrieb Vorworte, ein begehrter Redner bei Feierlichkeiten. Ein nahezu Vergessener, dieser Arthur Eloesser (gesprochen Elo-esser). Einer der Flaneure, worunter der langsam Spazierende zu verstehen sei, der sieht und zuschaut, beobachtet und bemerkt; der nicht übersieht, der nachdenklich geht, ja schlendert, stehenbleibt, um einen Einfall zu notieren, von Fremden nach einer Straße gefragt wird und viele Augen öffnen kann, wenn er das Erlebnis, gefiltert durch seine Sensibilität, aufschreibt: »Aber wer wird nicht zum Dichter, wenn er zwecklos auf der Straße treibt ... Oder sagen wir bescheidener, wer wird nicht zum Phantasten?«

Eloesser kam am 20. März 1870 zur Welt. In Berlin. In der Prenzlauer Straße 26, wo sein Vater, ein Zugereister, ein »Waaren-Commissions-Geschäft« betrieb. »Die Straße meiner Jugend« nannte Eloesser sein kleines Buch, das 1919 erschien. Die Großstadt als Heimat, die Straße als poetischer Gegenstand.

»Die Straße enthielt alles, was eine Straße enthalten muß, breite, bürgerliche Anständigkeit, kleinbürgerliche Gedrücktheit, proletarisches Elend und hoffnungslose Verkommenheit. Sie begann nicht unansehnlich und nicht ganz unsauber an einem Platze, der noch zum Zentrum gehört, und immer schmutziger, duftender, von einer gefährlichen Verwandtschaft zum Scheunenviertel gezogen, lief sie schnell zu einem Tor, das kein Tor mehr war.« Die Straße seiner Jugend war »ein Ganzes, sie hatte ihren Charakter, ihre Tradition und auch ihr bestimmtes Ehrgefühl«. Als er das schrieb, wohnte er nicht mehr dort. Verschwieg aber nichts, verleugnete die Herkunft nicht. Das hatte er bereits mit 23 Jahren bewiesen, nachdem er bei dem seinerzeit berühmten Berliner Germanisten Erich Schmidt promoviert hatte und Universitätsprofessor hätte werden können, wenn er – »Die ganze Sache wäre vereinfacht«, sagte der Professor, »wenn Sie sich entschließen könnten ...«, bei uns Mitglied zu werden. Durch Taufe. »Nein, Herr Professor«, sagte Eloesser, »ich kann mich nicht entschließen!« Schmidt drückte ihm die Hand, »und mit der Professur war es vorbei«. So wurde er zum Literaten. Zum Theaterkritiker und Feuilletonredakteur der »Vossischen Zeitung«, dem ältesten und angesehenen Blatt der Stadt. Einer von Eloessers Lesern war Victor Klemperer, dessen »LTI« man alle Jahre wieder einmal vor die Augen nehmen sollte.

Eloesser war Dramaturg und leitete später den Schriftstellerverband; er schrieb für die »Weltbühne« Jacobsohns und hielt ihm im Dezember 1926 die Gedenkrede, dem elf Jahre Jüngeren: »Jeder Jüngere begeht Achtungsverletzungen, die dem Älteren etwas weh tun, nicht so sehr, wenn er uns widerspricht, sondern vielmehr, wenn er frei und frech das heraussagt, was wir uns vielleicht schon selbst gesagt haben, aber noch gern ein wenig für uns behalten hätten.«

Als Ossietzky 1931 wegen einer Veröffentlichung zu Gefängnis verurteilt wurde, reichte sein Anwalt ein Gnadengesuch ein, das Arthur Eloesser durch einen Brief unterstützte, der in den Akten erhalten blieb: »Wenn das Begnadigungsrecht des Reichspräsidenten allein die Möglichkeit hat, fehlerhafte und unverständliche Urteile der Rechtsprechung aufzuheben, so scheint mir dieser Fall besonders geeignet, es in seiner hohen und nicht mißzuverstehenden Autorität gewähren zu lassen.« Eloesser war damals so prominent wie Döblin, wie Arnold Zweig, die wie Einstein und die beiden Mann das Gesuch unterstützten. Wenn es auch nichts genützt hat seinerzeit, so steht es heute noch und für morgen als Sinnbild für Solidarität der Anständigen.

Eloesser schrieb über deutsche Literatur von der Romantik bis zur Gegenwart. Porträts über Balzac und Zola, Kleist, Elisabeth Bergner und Thomas Mann, der sich zwar freute, den Verfasser aber nie ganz ernst nahm, weil er keine Romane schrieb.

Als 1931 die Akademie der Künste den 60. Geburtstag ihres Mitglieds Heinrich Mann ehrte, war Arthur Eloesser der erste Festredner. Doch im erregten Eifer vorn am Pult verwechselte er die Vornamen. Mit der Anrede »Du«, wie sie einem Redner auch am Sarg gestattet ist und erst recht an solchem Feiertag, sprach er: »Du, Thomas Mann …«. Das Publikum raunte, Thomas Mann in der ersten Reihe bekam Zornesfalten; der verwirrte Eloesser verlor den Faden, nahm die Brille ab, wußte aber natürlich nicht, was er falsch gesagt haben konnte. Er fand Halt im gütigen, leise ironischen Lächeln von Heinrich Mann, den er noch dreimal im Verlauf seiner Ansprache mit »Thomas« anredete. Hermann Kesten, dem wir diese Episode verdanken, schreibt: »Bei jeder neuen Verwechslung wurde das Publikum immer unwilliger und Eloesser immer verwirrter, und Heinrich Manns Lächeln immer freundlicher und tröstlicher.« Das sind die Minuten unseres Weiterlebens.

Rudolf Arnheim, der in den USA lebende Nestor der »Weltbühne«-Autoren, erklärte 1931 über Eloesser, der damals den zweiten Band seiner Literaturgeschichte veröffentlicht hatte: »Er gibt keine Formeln. Aber er gibt Formulierungen.« Fragt Autoren solcher Werke, ob sie das über ihre Bücher lesen konnten. Arnheim: »Vierzig Jahre Tagesschriftstellerei haben seine Hand so leicht gemacht, daß er einen Wälzer von Lexikonformat bis an den Rand anfüllen kann mit zierlichen, kräftigen, weltklugen, ironischen Sätzen und mit einem Humor, der nur ein anderes Wort ist für Weisheit.«

Hitler, wen wundert es, hat das umfangreiche Werk des Essayisten, Literaturwissenschaftlers und Kritikers zerstört. Mit seinen Redaktions- und Kritikerkollegen Max Osborn und Julius Bab war Eloesser einer der Begründer des Jüdischen Kulturbundes in Berlin, der mit einer »Nathan«-Aufführung seine Existenz dokumentierte. Von zwei Reisen nach Palästina, 1934 und 1937, kehrte Eloesser nach Berlin zurück. Hier war 1936 sein letztes Buch erschienen: »Vom Ghetto nach Europa«. Eine essayistisch angelegte deutsch-jüdische Literaturgeschichte von Moses Mendelssohn bis Berthold Auerbach. Selbstbehauptung eines deutschen Juden, dessen Bücher im Mai 1933 mit verbrannt worden waren, der sich aber weigerte, zu emigrieren und die Demütigungen ertrug.

Arthur Eloesser starb am 14. Februar 1938. Monty Jacobs, sein Freund und Kollege von der »Vossischen«, die schon Anfang 1934 ihr Erscheinen einstellen mußte, sprach im Krematorium von »Berufsleid und Familienleid«, und jeder wußte, was gemeint war. Eloessers Kinder waren »vom Zeitenschicksal in ferne Erdteile verschlagen«, lies: vor dem Faschismus geflohen. Sie überlebten. Margarete, seine Frau, mußte schon im April 1939 umziehen in eine sogenannte »Judenwohnung« als Untermieterin. Am 25. Januar 1942 wird die Sechzigjährige als Nummer 506 mit dem

10. Osttransport nach Riga deportiert und dort ermordet. Beim Lesen ihrer »Vermögenserklärung«: Neun Handtücher, zwei Kaffeelöffel, drei Nachthemden ... Was ihr Guthaben anbelangt, schreibt die Behörde an die Deutsche Bank, das Vermögen der – und nun Originalton der Mörder: »der außerhalb des Reichsgebietes abgeschobenen Jüdin« sei dem Reich verfallen. Die korrekte Bank weigert sich »unter Vorbehalt, da wir nicht zweifelsfrei feststellen können, ob die Voraussetzungen für den Vermögensverfall vorliegen«. Unten handschriftlich der Zusatz: »Ausgewandert«. Das klingt noch harmloser. Nachdem die Bank unmißverständlich aufgefordert wird, meldet ihr nächstes Schreiben überwiesene 1022,60 Reichsmark und: »Unsere Geschäftsverbindung mit der Genannten ist damit erloschen. Heil Hitler, Deutsche Bank.«

Arthur Eloesser war so verschollen, daß sein Todesjahr unklar blieb. Und sein Grab? In der Ferne? Es liegt nahe. Ursula Madrasch-Groschopp, der »Weltbühne« arbeitslebenslänglich verbunden, hat es 1985 gefunden. Auf einem der Berliner Friedhöfe, die heute zum Bezirk Potsdam gehören.

Unversehrt liegen im New-Yorker Leo-Baeck-Institut Originalbriefe von Eloesser aus seiner Zeit als Kritiker der »Vossischen« von 1928. Fast auf den Tag genau sechzig Jahre später hat Michael Eloesser, der Enkel, sie dort gefunden und schreibt mir: »Erschütternd, welche Zeugen die Juden damals aus Deutschland mitgenommen haben. Als wollten sie sich von Berlin nie trennen.«

Seinerzeit, 1919, im Buch wollte Arthur Eloesser den Namen seiner Straße nicht nennen, weil sie noch schmutziger, noch häßlicher war als geschildert. Sie duftete »zugleich nach Sprit und Käse«. Die Prenzlauer Straße gibt es nicht mehr. Spurlos ist sie verschwunden. 1950 noch fuhr die Straßenbahn eingleisig hindurch in Richtung Alexanderplatz. Es gab in dieser engen, düsteren Straße ein einen Invaliden ernährendes Antiquariat, in dem ich mir am Gehaltstag ein paar Nachschlagewerke leistete.

(1989)

Im Hebräerland

Ich hatte mir, ehe ich im November 1987 nach Israel fuhr, was ich Herrn Moses zu verdanken habe, im Lustgarten ein paar Steinchen aufgehoben und eingesteckt. Griffbereit, in der Jackentasche.

In Jerusalem wollte ich zum Ölberg, der eigentlich Olivenberg heißt, was die Sache klarer macht. Einmal dort stehen und auf die Stadt blicken, von der unsere Kultur stammt.

In Jerusalem gibt es so viele Sehenswürdigkeiten, daß man seine Stunden zählt und einteilt. Und wenn mich nicht Arie Schorr, der mir nach dem Interview für seine Zeitung eine Menge zeigte, zum Ölberg gefahren hätte, was hätte ich nicht gesehen …

Am Olivenberg ließen sich viele Juden bestatten. Ihre Überlieferung besagt, daß der Messias von hier aus die Wiedererweckung der Toten beginnen wird. Für Christen ist hier – und nun sei der unbeabsichtigte Humor des Stadtplans zitiert – »der Ort der Himmelfahrt Christi (Autobus 42)«. Ein Meer von weißen Steinen. Kein Schatten. Vereinzelte Olivenbäume. Friedhöfe. Gute Orte. Gleich obenan, aber ich hätte es wegen der hebräischen Buchstaben nicht gefunden, das Grab von Else Lasker-Schüler. Sie starb am Morgen des 22. Januar 1945. Fern, sehr fern von ihrem Berlin, das 1945 sterben mußte, um aufzuerstehen. Sie wurde am gleichen Tag hier oben beigesetzt. So würdig, wie es zu erwarten war. Werner Kraft: »Ungefähr sechzig Leute erwiesen ihr das, was man die letzte Ehre nennt. Der Rabbiner Wilhelm sprach ihr Gedicht ›Ich weiß‹ aus dem blauen Klavier [ihr letzter Gedichtband]. Gerson Stern sagte das Kaddisch [Totengebet].«

Leopold Krakauer schuf den Grabstein. Den haben die Jordanier geschändet, als sie mit Grabsteinen aus diesen Friedhöfen Straßen und anderes bauten. Über zerstörte jüdische Friedhöfe muß ich meinen deutschen Lesern nicht viel erzählen.

Die Spuren sind zu sehen. Vielleicht darf man sie nicht glätten.

»Nicht alle Menschen, die in das Land Palästina reisen, leben dort im Bewußtsein ihrer Aufgabe.« Else Lasker-Schüler in »Hebräerland« (1937)

Es liegt ein kleiner Stein aus dem Lustgarten ihres Berlins auf dem Grab von Else Lasker-Schüler.

(1989)

Umwege zu Paul Levi

> *Er war einer der gerechtesten,
> geistvollsten und mutigsten Menschen,
> die mir auf meinem Lebensweg begegnet sind,
> eine jener Naturen, die aus dem
> inneren Zwange eines unersättlichen
> Bedürfnisses nach Gerechtigkeit handeln.*
> Albert Einstein nach Paul Levis Tod

Umständlicher Beginn: Für Anfang Oktober 1988 hatte mich die Evangelische Gemeinde Bad Godesberg eingeladen, aus meinem »Herr Moses in Berlin« zu lesen. Im Vorfeld des Gedenkens an die 50. Wiederkehr eines deutschen Datums: 9. November = Pogromnacht. Daran wollte die Kirche nachdrücklich erinnern, zumal es Stimmen gab, ob denn nicht endlich mal Schluß sein könne mit dieser Vergangenheit.

Nun kommen lauter Zufälle. Dem Zufall sollte regelmäßig am Ende eines Buches gedankt werden; er ist ein ständiger Helfer. Allerdings besitzt er eine erfreuliche und weibliche Eigenart: Er will erkannt sein! Und einiges muß ihm mitgebracht werden, darunter: Bescheidwissen.

Also: in Bad Godesberg befindet sich die Friedrich-Ebert-Stiftung/Archiv der sozialen Demokratie. Außerdem wohnt in Bad Godesberg Sibylle Quack, eine junge Historikerin, die über Paul Levi ein wesentliches Buch verfaßte: »Geistig frei und niemands Knecht«. Ein Satz, den man über seine Wohnungstür schreiben möchte. Manche und mancher kann es.

Durch »Meine liebste Mathilde« hatte sich eine Korrespondenz ergeben, denn Mathilde Jacob (1873 bis 1943) war nicht nur die Sekretärin und engste Freundin Rosa Luxemburgs gewesen, sondern hatte bis zu seinem Tode im Februar 1930 für Paul Levi gearbeitet. Als Sekretärin bei seiner politischen Tätigkeit und als Redakteurin seiner Zeitschrift »Unser Weg«.

Sibylle Quack hatte aus den USA ein Buch mitgebracht, das Frank Herz, ein Neffe Paul Levis, der »Mathilde-Jacob-Bibliothek« geschenkt hatte, die im März 1988 im Ost-Berliner Bezirk Hohenschönhausen diesen Namen erhalten hatte. Ein Buch, in dem vorn in Rosa Luxemburgs Handschrift geschrieben steht: »Mathilde Jacob«. Solch bibliophile Kostbarkeit von West nach Ost zu schenken, anstatt sie fünfstellig zur Versteigerung anzubieten ...

Das Buch war bereits bei mir in Ost-Berlin. Wie gesagt, es war der reine Zufall, daß man mich nach Bad Godesberg einlud. Dort hatte ich einen freien Vormittag. Sibylle Quack war gerade zu Hause und hatte Briefe mitgebracht aus Amerika. Neue, bisher unbekannte Briefe von Mathilde Jacob aus den Jahren 1933 bis 1941. Die Gelegenheit, sie zu lesen, verlockte ungemein. Sie bot sich an diesem einen Vormittag.

Wir fuhren zur Friedrich-Ebert-Stiftung, wo Sibylle Quack und Rüdiger Zimmermann an der Endredaktion des Berichtes arbeiteten, den Mathilde Jacob um 1930 verfaßt hatte: »Von Rosa Luxemburg und ihren Freunden in Krieg und Revolution«.

Ich saß derweil im Lesesaal vor der Mappe der unveröffentlichen Mathilde-Jacob-Briefe, die noch nicht einmal registriert waren. Und las. Und notierte. Auszüge, um sie vielleicht, und das wurde großzügig gestattet, im Nachwort einer neuen Auflage der »liebsten Mathilde« zu veröffentlichen.

Dazu kam es nicht mehr, denn nach dem Untergang der DDR wurde »Meine liebste Mathilde« vermutlich wegen ihrer Nähe zur Kommunistin Rosa Luxemburg in die Container geworfen und endete auf etlichen Müllhalden. Allerdings in bester Gesellschaft. Neben Heinrich Heine, Thomas Mann und anderen.

Umständlicher Beginn. Rosa Luxemburg sollte als Jahrhundertfrau bekannt sein. Aber wer war Paul Levi?
Ihr Anwalt und ihr Geliebter.

Die Schüler der oberen Klassen – um das Wort ohne Doppelsinn zu benutzen – kennen seinen Namen nicht.

Paul Levi, geboren am 11. März 1883 in Hechingen/Württemberg, Sohn eines Webereibesitzers, studierte in Berlin und in Grenoble Rechtswissenschaft und ließ sich, Dr. jur., in Frankfurt am Main als Rechtsanwalt nieder. Schon als Student hatte er sich der Sozialdemokratie angeschlossen. Im Frühjahr 1914 verteidigte er Rosa Luxemburg in zwei Prozessen. Sie hatte Soldatenmißhandlungen angeprangert. In diesen Wochen liebten sie sich und schrieben sich Briefe, die erhalten und dank Sibylle Quack veröffentlicht sind.

1914, als der Krieg begann, engagierte sich Paul Levi sofort kompromißlos gegen den Krieg, trat in Versammlungen gegen Kriegskredite auf und versuchte, die Kriegsgegner in der SPD zusammenzuführen. Dafür wurde er von der Partei gemaßregelt und trat der Spartakusgruppe bei. Er war Soldat gewesen, wurde entlassen und traf in der Schweiz mit Lenin – wer war denn das, damals? – zusammen.

Paul Levis Lebenslauf ist ausgedehnter, als er hier dargestellt werden kann.

Am Jahreswechsel 1918/19 nahm Levi am Gründungsparteitag der Kommunistischen Partei Deutschlands teil. Ab März 1919, Liebknecht, Luxemburg und Jogiches waren ermordet, amtierte Levi als Vorsitzender der zeitweilig verbotenen Kommunistischen Partei Deutschlands, die ihn im Mai 1921 ausschloß, weil er nicht alles mitmachen und verantworten wollte. Zum Beispiel hielt er die mitteldeutschen Arbeiteraufstände für falsch und veröffentlichte seine Ansichten in der Broschüre »Wider den Putschismus«. Damit verstieß er gegen die »Partcidisziplin«. Von Lenin, der seinen Ausschluß befürwortete, ist der Ausspruch überliefert: »Levi hat den Kopf verloren. Er war allerdings der einzige in Deutschland, der einen zu verlieren hatte.«

Nun wurde Paul Levi wieder Mitglied der Sozialdemokratischen Partei Deutschlands, trat seit 1924 als Wortführer ihres linken Flügels im Reichstag auf, z.B. gegen Wiederaufrüstung, und versuchte in bestimmten Fragen eine Zusammenarbeit mit den Kommunisten. Schließlich gelang es ihm, der z.B. Carl v. Ossietzky verteidigt hatte, die Mörder von Karl Liebknecht und Rosa Luxemburg indirekt vor Gericht zu bringen und dort zu entlarven.

Am 24. Marz 1928 war in der linksbürgerlichen Zeitschrift »Das Tage-Buch« ein anonymer Artikel erschienen unter der Überschrift »Kollege Jorns«. Reichsanwalt Jorns war 1919 der Untersuchungsrichter gewesen und hatte alles getan, um die Spuren und Hintergründe des Verbrechens zu verwischen. Er verhalf den Mördern zur Flucht. Verfasser des enthüllenden Artikels war Berthold Jacob (Salomon), ein mutiger Journalist, den Hitlers

Geheimpolizei zweimal aus neutralem Ausland entführte. Er starb 1944 im Jüdischen Krankenhaus in Berlin.

Levi hatte Jacob einiges Material zukommen lassen und provozierte durch die Veröffentlichung einen Beleidigungsprozeß, der ihm die Möglichkeit verschaffte, als Anwalt des angeklagten Redakteurs Bornstein die Akten einzusehen. Dann hielt er vor Gericht ein vierstündiges Plädoyer, von Ossietzky in der »Weltbühne« als die »mächtigste Rede seit Ferdinand Lassalle« gelobt. Levi deckte die Zusammenhänge auf und schilderte alle Einzelheiten der Mordtat vom 15. Januar 1919. Daraufhin sprach das Schöffengericht Berlin-Mitte den Redakteur Bornstein frei.

Jorns legte Berufung ein, und Bornstein wurde wegen formaler Beleidigung zu einhundert Reichsmark Geldstrafe verurteilt. Als Jorns erneut in Revision ging, verurteilte das Landgericht den Redakteur zu 500 Mark Geldstrafe und den Gerichtskosten. Da hatte er den Anwalt Levi nicht mehr an seiner Seite. Levi war tot.

Der Vollständigkeit halber: Reichsanwalt Jorns (1871-1942). 1933 Mitglied der NSDAP. 1936 Leitender Staatsanwalt an Freislers Volksgerichtshof. 1937 Ruhestand. September 1939 freiwillige Rückmeldung an den Volksgerichtshof. Dort bis Dezember 1941 als Oberreichsanwalt in Diensten der Nazi-Terrorjustiz.

Paul Levi war am dritten Verhandlungstag des ersten Berufungsprozesses Anfang 1930 an einer Grippe erkrankt, die sich durch eine Lungenentzündung verschlimmerte. In der Nacht vom 8. zum 9. Februar 1930 stürzte er aus dem Fenster seiner Wohnung.

Charlotte Beradt: »Fetzen der Bilder, die er wieder hatte schildern sollen, verfolgten ihn: Soldateska, Gewehrkolben, zerschmetterte Schädel, Fetzen der Sätze, die er hatte wiederholen sollen: ›Über die Brücke haben wir sie rüberbefördert, die schwimmt schon‹. Im Delirium soll er gestammelt haben: ›Rosa ruft mich‹. Aus Fieberträumen erwachend klagte er: ›Der Zug der Toten läßt mich nicht los, noch solch eine Nacht könnte ich nicht ertragen.‹ – In der sechsten Fiebernacht erwachte er gegen vier. Er bat die an seinem Bett sitzende Krankenschwester um frischen Tee. Sie ging den langen Gang durch den Bodenverschlag zur Küche. Als sie mit dem Tee wiederkam, war das Bett leer, das

Fenster stand offen. Sie schrie. Die Haushälterin, geweckt, jagte die fünf Treppen hinunter. Paul Levi lag auf dem Pflaster des Hofes, tot mit gebrochenem Rückgrat, hinten an dem langen Schädel eine Wunde« – einige hundert Meter von der Stelle entfernt, wo elf Jahre zuvor in einer Januarnacht Rosa Luxemburg in den Landwehrkanal geworfen worden war. »Wenig später lag seine Leiche, Nr. 38, da es sich um einen ungeklärten Todesfall handelte, im Schauhaus, in dem Rosa Luxemburg und Karl Liebknechts Leichen gelegen hatten.« Es geschah am 9. Februar 1930, in der Nacht von Sonnabend auf Sonntag. Paul Levi war 46 Jahre alt.

Sibylle Quack nennt in ihrem Buch diesen Tod einen »langangelegten Selbstmord«, der in einem »Moment körperlicher Entkräftung und geistiger Resignation zur Ausführung kam«. Empfand Levi sein Leben, das Ende der Weimarer Republik voraussehend, schon nicht mehr als lebenswert?

Als im Deutschen Reichstag die Trauerrede für den Abgeordneten Paul Levi gehalten wurde, erhoben sich die Anwesenden von den Plätzen. Zwei Fraktionen verließen demonstrativ den Saal.

Als ich darüber im Januar 1989 in der »Wochenpost« geschrieben hatte, wurde diese letzte Bemerkung übel vermerkt von einem der Chefredakteure des »Neuen Deutschland«, des Zentralorgans der SED. Jener denunzierte mich bei der Chefredakteurin, weil nicht sein durfte, was in der Tat geschehen war: Zwei Reichstags-Fraktionen verließen den Saal. Dieser gemeinsame Weggang der Nationalsozialisten (Göring, Goebbels und Frick) und der Kommunisten (Thälmann, Pieck, Ulbricht, Dahlem, Clara Zetkin und weiterer dreizehn Abgeordneter, falls alle anwesend waren) durfte nicht erfolgt sein.

Dabei waren sich Nazis und Kommunisten selten so einig gewesen wie über Paul Levi: »Der Stürmer«: »Er hat seinen eigenen Rassegeruch nicht ertragen können, ist zum Fenster gestürzt – da ist er hinausgeflogen.«

»Die rote Fahne«: »Keiner haßte die Revolution so fanatisch wie Levi es tat. Nun hat sich der angebliche Renegat aus Überzeugung aus dem Fenster gestürzt.«

So unterschiedlich war die Trauer um den auch als Kunstkenner geschätzten Anwalt. In der »Weltbühne« begann C.v.O. seinen

Nachruf: »Es ist nicht nur im Reichstag Sitte, einen Nachruf auf ein verstorbenes Mitglied stehend anzuhören. Als Herr Loebe [der Reichstagspräsident] ein paar Gedenkworte für Paul Levi sprach, erhoben sich zwei Reichstagsparteien und gingen geschlossen hinaus. Die eine hat Paul Levi mitbegründet und später geführt, die andere rechnet ihn seit je zum engsten Kreis der ›Novemberverbrecher‹ ...«

Die beiden in den USA lebenden Neffen Levis schrieben mir im Sommer 1989: »Wir waren [in der Familie] sehr betrübt, daß man sich nicht einmal im Tod versöhnen konnte«, womit sie die deutschen Kommunisten meinten.

Es gab zwei Trauerfeiern. Am 13. Februar, einem Donnerstag, versammelten sich um 17 Uhr die Teilnehmenden im Krematorium Wilmersdorf. Albert Einstein unter ihnen. Rudolf Breitscheid sprach als erster und beschrieb den Lebensweg des Verstorbenen, der ihn »zeitweise in Gegensatz zur sozialdemokratischen Partei« gebracht hatte. »Vielleicht darf man sagen, daß Paul Levi nicht ein Parteimann im eigentlichen Durchschnittssinne des Wortes gewesen ist. Sein kritisches Gefühl allen Menschen und Dingen gegenüber war zu stark. Ihm fehlte jeder Autoritätsglaube ...« (Rudolf Breitscheid kam im KZ Buchenwald zu Tode.)

Max Seydewitz sprach für Levis Wahlkreis Chemnitz-Zwickau, wo er »unser Paul« gewesen war. Jetzt werde geklagt, »daß wir einen guten Menschen verloren haben«. Der Reichstagsabgeordnete Rechtsanwalt Dr. Kurt Rosenfeld, Levis Kollege und Nebenmann, nannte ihn einen »Mann, dem sich tausend hilfsbereite Hände entgegengestreckt hätten, wenn er in jener Stunde zu rufen vermocht hätte.« Und was Paul Levis Überzeugungen betraf, »er stand zu seinen Auffassungen und vertrat diese, ausgerüstet mit Geist und Wissen, mit allem Werkzeug, über das ein Mensch verfügen kann.«

Der Reichstagsabgeordnete Franz Künstler, der die »zahlreichen Delegationen aus den Berliner Betrieben« erwähnte, rühmte den hilfsbereiten, klugen Juristen. Der ehemalige sächsische Minister Fleißner dankte dem Freunde in vieler Namen; und »wer Gelegenheit hatte« in kleinem Freundeszirkel mit ihm zusammen zu sein, »der weiß, daß immer etwas an ihm gewesen, was man nicht vergißt«. Als letzter sprach ein Freund, Valerin Marcu: »Sein ganzes Leben liegt ausgebreitet vor uns; nichts wissen wir über die letzten fünf Minuten seines Lebens. Vor ein paar Tagen sagte er mir in einem Gespräch über Clemenceau: ›Das schönste an dem Kerl war, daß er sich Grabreden verboten hatte.‹«

Mathilde Jacob war für beide Neffen, Frank und Kurt Herz, eine Nenntante gewesen. Paul Levi hatte sie im Hause seiner Schwester Jenny Herz eingeführt. Mathilde Jacob war wegen ihrer Nähe zu Paul Levi wie er eine Unperson der DDR-Geschichtsschreibung, bis sich 1987 ein Unbefugter des Lebens und Sterbens von Rosa Luxemburgs »liebster Mathilde« angenommen hatte.

Es stellte sich heraus, daß Mathilde Jacob auch den Nachlaß Paul Levis gerettet und ihn seiner Schwester Jenny Herz übergeben hatte. Die emigrierte bereits weitblickend 1933 nach Frankreich und später in die USA. Ihre beiden Söhne brachten den Levi-Nachlaß auf abenteuerliche Weise, Briefe am Körper verborgen, aus Nazideutschland hinaus. Somit liegt seit 1972 der Paul-Levi-Nachlaß nach einigen Umwegen in der Friedrich-Ebert-Stiftung in Bonn-Bad Godesberg. Erschlossen in zwei Findbüchern und durch die Levi-Bibliographie von Sibylle Quack und Rüdiger Zimmermann (1986). Eine Fundgrube für alle, die über Paul Levi arbeiten.

Im Lesesaal der Stiftung Mathildes Briefe ansehen. Seltsam genug erinnert der Name Friedrich Ebert an einen Verantwortlichen, der 1919 den Mord an Liebknecht und Luxemburg nicht verhindert hat. Und bei mir zuhause ist heute, am 7. Oktober 1988, gerade Nationalfeiertag. Etwa um diese Tageszeit ist die Militärparade – die ich nicht einmal fernsehend zu verfolgen pflegte – in vollem Aufmarsch. Eine Raketenabteilung »Paul Levi« hat es nie gegeben. Und auch dafür soll man dankbar sein.
Ein schöner Oktobervormittag mit blauem Himmel über Bonn und Bad Godesberg.

Die Mathilde-Briefe lesen. Die neuen. Falls alle Briefe erhalten blieben, und so sieht es aus, hat Mathilde Jacob etwa einmal jährlich an ihre Freundin Jenny Herz in den USA geschrieben.

Am 8. Februar 1937: »Ich werde kaum von den einstigen Freunden jemanden wiedersehen, aber so ganz im geheimen hoffe ich es ja doch. Wenn ich jünger wäre, könnte ich Pläne machen, so warte ich einfach alles ab.« Es ist eine Postkarte, auf der sie diese Zeilen mit der Maschine tippt. Dann nimmt Mathilde die Karte mit und läßt alle anwesenden Freunde unterschreiben. Es sind sieben. Wie meist bei solchen Grüßen kann bestenfalls die Empfängerin die Namen entziffern.

Ein einziges Mal hat Mathilde eine Postkarte an Jenny Herz geschickt! Somit blieb der Absender erhalten! Eine Hindenburg-Briefmarke. Poststempel: »Stahnsdorf 8.2.37 6-7«.

Sonst waren es Briefe, deren Umschläge weggeworfen worden sind.

Im vorletzten, erhaltenen Brief heißt es am 15.2.41: »Am vergangenen Sonntag waren wir etwa zwölf Leute auf dem Friedhof. Das Grab liegt still und friedlich, auch das Nebengrab. Es war nach reichlichem Schneefall auch Tauwetter eingetreten, so daß wir nur mit Mühe an das Grab gelangen konnten. Ganz junges Grün lugt schon aus den Zweigen der Sträucher, und in kurzem wird alles in Blüte stehen, Schneeglöckchen und Anemonen den Erdboden bedecken. Auch Veilchen wuchern dort in großer Zahl.« Hatte nicht Rosa Luxemburg aus ihren Gefängnissen solche Naturfreude mitzuteilen gewußt?

Aber was interessiert die Freundin in Amerika das ganz junge Grün, oder daß diesmal zwölf Leute am Grab gewesen sind? Wessen Grab, schreibt Mathilde nicht. Lieber nicht, denn alle Post nach den USA liest auch vor Kriegsbeginn mit dieser Weltmacht die deutsche Zensur besonders genau. Was schreibt die Jüdin mit dem gelben Stern ins Ausland …?

Aber hatte Mathilde Jacob nicht bereits die kaiserliche Zensur an der Nase herumgeführt?

Wir müssen lesen! Am Grab waren es »am vergangenen Sonntag« etwa zwölf Leute. Das war, zurückgerechnet nach dem Briefdatum, der 8. Februar 1941. Die Postkarte von 1937 trug den Poststempel 8. Februar. Und »Stahnsdorf«. Stahnsdorf, wo die großen Friedhöfe sind im Berliner Süden.

Der 8. Februar, die Todesnacht von Paul Levi.

Liegt er in Stahnsdorf?

Etwa noch heute? Führt Mathildes Postkarte uns zu Levis Grab?

Stahnsdorf. Einst legte man im Süden der Großstadt vorsorglich geräumige Friedhöfe an, baute und verlängerte die Stadtbahn. Die fuhr über »Dreilinden« bis »Stahnsdorf«. Das geht seit der Mauer und auch heute nicht mehr. Nur die Bahnhofstraße erinnert daran. In der Nähe der Gaststätte sucht man vergebens nach Gleisen. Aber was brächte das? »Stahnsdorf« ist ein abgeräumter Geisterbahnhof.

Stahnsdorf. Paul Levi irgendwo auf dem Riesengelände? Wo man stundenlang spazierengehen kann, wo im November, wenn das Datum des Kriegsendes 1918 sich jährt und die britische Militärmission in der DDR ihre Gedenkfeier für ihre Toten des ersten Weltkrieges abhielt – und DDR-Zuschauer von weitem erlaubt waren, hinter der Absperrung, und beim Betreten des Friedhofes aus Autos fotografiert wurden (wie gern hätte ich mein Bild). Statt daß man ein völkerverbindendes Gedenken daraus gemacht hätte! Folglich lockte übers Jahr ein Feuilleton in der »Wochenpost« rechtzeitig weit mehr Zuschauer als je zu dieser Gedenkfeier nach Stahnsdorf. Worüber sich ein nicht gern genannt sein wollendes Ministerium, Dienststelle Potsdam, am Tag danach bei der Chefredaktion beschwerte ...

Aber noch nicht genug der Zufälle und Zuwendungen.

Wochen später, am 28. November 1988, eine Lesung in der Verklärungskirche in Berlin-Adlershof. Seit etwa zwei Jahren hatte mich ein Leser mit dieser Einladung verfolgt, hartnäckig und freundlich. Nun war es soweit. Die Kirche sehr kalt. Das ökumenische Publikum nicht. Ungefähr 150 Zuschauer in Mänteln lauschten einer Auswahl aus den »Berliner Grabsteinen« und stellten viele Fragen, verstanden nicht nur die Pointen, sondern die Nebensätze in den Nebensätzen. Das ermutigte deren Hersteller immer ungemein; und es ist längst an der Zeit, allen Unbekannten dafür zu danken.

Hinterher kam ein Herr zum Altar, vor dem ich mit kalten Knien gesessen hatten. Als alle Signierwünsche erfüllt waren, machte er sich als der Beauftragte der evangelischen Synode für die Friedhöfe bekannt, und falls er mir einmal behilflich sein könne ... Sekunden später hielt er den Namen Paul Levi und dessen Lebensdaten in der Hand.

Das war am Montag.

Am Sonnabend traf der Brief von Herbert Werthmann ein. »Nach Auskunft der dortigen Verwaltung befindet sich die Grabstätte bereits seit Jahren in pflegelosem Zustand, Angehörige sind nicht bekannt.«

Besonders wichtig: Levi liegt nicht auf dem Südwestfriedhof, wie angenommen (weil beispielsweise Siegfried Jacobsohn dort begraben ist), sondern auf dem benachbarten Wilmersdorfer Waldfriedhof.

Der war zu Mauerzeiten ein »deutsch-deutsches Unikum«, wie Ekkehard Schwerk im »Tagesspiegel« zu berichten wußte. Es gab zwei solcher, gewissermaßen exterritorialer Friedhöfe, deren 22 Mitarbeiter zwar DDR-Bürger waren, jedoch angestellt beim Gartenbauamt Wilmersdorf, also in Westberlin. Nur, daß sie ihr Gehalt nicht in DM ausbezahlt bekamen. Falls der Bürgermeister oder der Baustadtrat aus West-Berlin nachsehen kamen, dann als Touristen »mehr privat als dienstlich«.

Der Winter in Berlin ist häßlich. Glatteis und Schnee. Und falls er wegtaut, mag unsereiner kaum nach Stahnsdorf reisen, um Berlin herum und über Schönefeld. Dann aber gibt es Tage, da ist der Himmel blau. Wenn sich Levis Grab finden läßt, muß es fotografiert werden können.

Am Wochenende hinzufahren wäre unpraktisch, denn niemand ist im Verwaltungsbüro. Das »pflegelose« Grab müßte Pflege bekommen.

Ein Fußgänger braucht und hat Freunde. In diesem Falle die beiden Mediziner Peter Giersdorf und Kay Blumenthal-Barby. Wir trafen uns seinerzeit etwa alle zwei Monate. Reihum suchte einer das Restaurant aus, bestellte den Tisch und bezahlte Essen und Trinken. Unsere stundenlangen Gespräche fehlen mir heute.

Jedenfalls saßen wir am 15. Dezember 1988 im Operncafé und speisten Porterhouse Steak. Dann hielt ich den beiden einen Vortrag über Paul Levi, von dem sie noch nie gehört hatten. Keine Schule, keine Straße trägt seinen Namen. Nun war die Spur zu seinem Grab aufgenommen. Wir vereinbarten: Wenn morgen früh die Sonne scheint, rufe ich bis neun Uhr an. Dann fahren wir.

Wir fuhren. Es war kalt. Die Sonne schien, als ob sie für Levi durchhalten würde bis zum Mittag.

Mitgeteilt sei, daß beide Freunde einige Termine absagten oder verschoben. Nicht, daß Patienten darunter hätten leiden müssen. Aber was war wichtiger an diesem hellen 16. Dezember 1988, als das Grab von Paul Levi zu entdecken?

Der Wilmersdorfer Waldfriedhof ist ein gepflegter Begräbnisplatz. Hier zögert der Schritt, denn sogar die Wege sind geharkt. Schneeloser Winterwald. Hohe Kiefern. Unter den Schuhen knirscht gefrorener Blätterteppich. Einige Gräber sind mit Rot-Tanne sorgsam abgedeckt, die meisten aber heben sich im Waldboden nicht von ihrer Umgebung ab; nur Steine zeigen, daß hier jemand begraben liegt. Zeitgedunkelte Findlinge. Mit Namen, die verwittert sind. Da fehlen Angehörige, da fehlen Besucher aus Berlin.

Meine beiden Freunde gehen den Weg zwischen den Feldern AI und AII entlang und unterhalten sich, wie meist, über Frauen. Da stehen Steine zwischen den Bäumen. Mit der Rückseite zum Weg. Die darf man nicht weglassen. Also dränge ich durchs Gestrüpp, das nicht sonderlich hohe, und versuche zu entziffern, was da ringsum schlecht lesbar steht. Vermutlich hat unsereiner für solche Fälle eine innere Wünschelrute. Jedenfalls ist der dritte Stein auf dem Weg ein übermannshoher Findling. Und wer es weiß, entziffert »Paul Levi«. Und wer seine Lebensdaten kennt, liest »1883-1930« heraus. Die linke Seite des Findlings ragt weitaus höher als die rechte spitz nach oben. Nicht von ungefähr.

Mathilde und die anderen Freunde hatten keinen langen Weg. Am 8. Februar 1937 saßen sie vermutlich hinterher in der Bahnhofsgaststätte, sprachen über alte Zeiten und von der gegenwärtigen, die sie sich anders vorgestellt hatten, und erzählten von Paul; er hatte vorausschauend gewarnt. Deshalb war seine Schwester Jenny kurzerhand ausgewandert, gleich nach dem Judenboykott am 1. April 1933. Nun unterschrieben alle den Gruß an die

Freundin in den USA. Ja, es gibt uns noch. Ja, wir denken an euch in der Ferne. Ja, eventuell sollten wir uns um die Ausreise kümmern, aber wohin? Und welches Land nimmt uns, uns alte, wohl beinahe zu alte Menschen? Das und mehr steht in dieser schlichten Postkarte, die Mathilde Jacob in den Briefkasten am Bahnhofsvorplatz gesteckt hat. Hätte sie das vergessen, wie uns das oft genug passiert, es wäre kein Poststempel »Stahnsdorf« auffällig und weg-weisend. Wieviele Zufälle brauchen wir denn noch?

In der Friedhofsverwaltung steht Paul Levi nicht in der Liste der Namhaften, wie sie jeder ordentlich verwaltete Friedhof besitzt und sogar auf einer gut lesbaren Tafel im Freien anbietet.

Umso wichtiger die Entdeckung. Emil Levi, (1879-1959), der ältere Bruder, kaufte wenige Tage nach dem Todesfall diese Stelle. Für 200 Reichsmark, was heutzutage nicht teuer klingen mag. 1930 war es keine geringe Summe. Am 14. Februar 1930 wurde Paul Levis Urne beigesetzt.

Da sich im Dezember 1988 niemand den deutschen Dezember 1989 vorzustellen vermochte, mag mein spontan gefaßter Entschluß verständlich sein. Als ich hörte, im Februar 1990 wäre Paul Levis Grabstelle abgelaufen und zur Einebnung freigegeben. Das konnte ich ihm und Mathilde Jacob nicht antun. Also kaufte ich kurzerhand Paul Levis Grab. Ließ es herrichten, bepflanzen, den Stein von einem Steinmetz putzen und die Schrift erneuern. Nun gehört es mir bis zum Jahre 2050.

Aber davon wußten, außer der Verwaltung, nur fünf verschwiegene Menschen. Denn es war nicht ratsam, sich darüber zu verbreiten. Im Dezember 1988 war nicht zu erwarten, daß es diesen Paul Levi künftig geben würde in der DDR. Aber wenn sie ihn, wie das geschah, zum 70. Jahrestag der Gründung der KPD am Jahreswechsel 1988/89 rehabilitierten, aber nur mit den gewohnten Einschränkungen, dann könnte es doch passieren, daß ich enteignet werden würde. Und daß sie mir Paul Levi nach Friedrichsfelde entführen in ihre scheinheilige Gedenkstätte. Wenn sie erfuhren, wo Levi liegt.

Sie erfuhren es nicht.

Im September 1989, als noch keiner den Oktober/November voraussehen konnte, kam Kurt Herz, einer der beiden Levi-Neffen, aus den USA nach Berlin. Wir fuhren zum Grab.

Im Palast-Hotel, wo Kurt Herz übernachtete, gab es an diesem Sonntagmorgen keine Blume zu kaufen. Soll heißen, sie mochten ihm ihre letzte Verwelkung nicht zumuten. Nirgends, an keinem S-Bahnhof, vor keinem Krankenhaus gab es am Sonntagvormittag einen Strauß, den er am Grab niederlegen wollte.

Vor dem Süd-West-Friedhof in Stahnsdorf angekommen, wo ich in meiner Harmlosigkeit einen Blumenladen erwartet hatte, war keiner.

Da ging ich zum langen Beet hinter dem Eingang, bückte mich vor einer Rosenknospe, einer zu spät Gekommenen, knipste sie mit meinen gartengewohnten Fingernägeln ab. Deshalb von Friedhofsbesuchern mit mißbilligenden Blicken bedacht, jedoch nicht mit Schande, denn sie mochten wissen, daß der Gedanke, hier am September-Sonntagmorgen eine Blume kaufen zu wollen, einem DDR-Bürger nie gekommen wäre.

Also konnte Kurt Herz seinen Onkel mit einer Rose ehren.

Auf seinen Wunsch legten wir am 9. Februar 1990 zum 60. Todestag von Paul Levi ein Blumengebinde auf das gepflegte Grab. Mit schwarz-rot-goldener Schleife.

Nun müßte sich jemand, der es heutzutage bezahlen kann, um die Pflege der Grabstelle von Paul Levi kümmern.

Da man zu allem jemanden braucht, der/die einen vorschlägt, empfehle ich dem Senat von Berlin und der Partei der deutschen Sozialdemokraten, die letzte Ruhestätte des Rechtsanwalts, Politikers, Kunstkenners und Schriftstellers Paul Levi in ein Ehrengrab zu verwandeln. Denn er erfüllt wenigstens eines der dafür ausschlaggebenden Merkmale: Sein Andenken lebt in der Öffentlichkeit fort.

(1989/1992)

Paul Levis Grab ist mittlerweile ein Ehrengrab.

(1998)

ORANIENBURG: IMMER WEITER

Von Pankow kommend, Ausfahrt: »Oranienburg. Birkenwerder.« Rechts bergan. Stop.

Das Stopzeichen sollte beachtet werden. An den Straßenrand gekehrt roter Heckleuchten-Häcksel von ungeduldigen Vorfahrern. In Sichtweite peilen gern Verkehrspolizisten; manchmal weidet nahebei ein kleines Pferd.

Nun fahren wir, zu beiden Seiten Wald, auf der uralten Straße nach Norden und Oranienburg. Längst heißt sie die 96 und führt vom tiefen Sachsen bis nach Rügen, ist auf dem Mariendorfer Damm zu finden und läßt die Martin-Luther-Straße nicht weg. Daher fuhr, wer in Berlin auf der 96 fuhr, immer auch hüben und drüben, oder umgekehrt. Und die wenigsten in Ost, und waren es mehr in West?, wußten wohl von dieser uns verbindenden Straßennummer.

Als es noch staubte, ist auf dieser Straße Luise, die vielgeliebte Preußenkönigin, 1810 zum letzten Mal nach Hause gefahren, gen Mecklenburg. Sie hatte einst Schloß Oranienburg als Hochzeitsgeschenk bekommen, mochte es aber nicht. Auf der Rückreise lag sie im Sarg. Er stand eine Nacht auf umflorten Podest auf dem Schloßplatz, und anderntags mußte der Oranienburger Postmeister 88 Pferde stellen für das Trauergeleit bis Berlin.

Warum haben Straßen keine Logbücher?

Der Name Oranienburg, der so gar nicht brandenburgisch oder slawisch klingt, ist der seit 1216 als Bochzow bekannten Stadt Bötzow verordnet worden. Die Kurfürstin Louise Henriette von Nassau-Oranien, seit vier Jahren verheiratet mit dem uns als Großen Kurfürsten vertrauten Friedrich Wilhelm, kam 1650 bei einem gemeinsamen Jagdausflug in diese Gegend, die ihr besonders gefiel, weil Gewässer und Wiesen sie an ihre niederländische Heimat erinnerten. Der Kurfürst trug an diesem Tage, wie mein Vater gesagt hätte, die Spendierhosen, und schenkte seiner Frau alles, was zum »Amt Bötzow« gehörte. Das war allerhand.

Endlich nicht nur kurfürstliche Gemahlin und zum Gebären von Erben bestimmt, darf sie auf einem Gelände, das ihr gehört, eigene Pläne verwirklichen, die ihr beim Anblick der Dörfer gekommen sind – der dreißigjährige Krieg hatte ausgiebig stattgefunden. Louise Henriette ließ holländische Kühe herbeischaffen, deren Wuchs und Euter jeden Bauern entzückten. Gemüse wurde nicht importiert, sondern angebaut; ebenso Blumen und die ersten Kartoffeln. Kolonisten kamen gern; Vorläufer des Toleranzedikts ihres Gemahls.

An Stelle der Burg Bötzow, einem verfallenen Jagdschloß, entstand ein Schloß. Die Oranienburg. Daher der Name. 1652 auf den Ort übertragen; er klingt schön. Aber unsereiner, der früher oft in der Morgenzeitung lesen mußte, daß in heimlicher Nacht wieder eine Straße umbenannt worden war, ohne die Bewohner zu fragen, denkt: vielleicht hing mancher Bötzower am Geburtsort und dessen Namen. Aber neue Herrschaft verspricht neuen Wohlstand.

Kein Marktplatz. Doch ein kostbar-köstliches Gemälde von Willem van Honthorst: Eine Allegorie auf die Gründung der Stadt. Da steht die Kurfürstin Louise Henriette als sagenhafte Königin Dido – die floh als Witwe, wie Vergil erzählt, aus Syrien nach Nordafrika, wo sie als Begrüßungsfeld soviel Land bekam, wie eine Ochsenhaut bedeckt. Da ließ sie dünnste Streifen schneiden und erwarb auf diese Weise ein Grundstück, auf dem Karthago entstand. Das führte, wie jeder weiß, zwei Kriege und verschwand nach dem dritten. Ein gelungenes Bild, den Nachkommen vorzuzeigen. Freiherr Otto von Schwerin, mit Bart und Haar in die heutige Zeit passend, zerteilt die Ochsenhaut. In der Linken hält er ein beschriebenes Leder: PLUS OUTRE, was »Über das Mögliche hinaus« bedeutet, oder wie Fontane übersetzt: »Immer weiter«.

Das schöne Schloß Oranienburg hat der kurfürstliche Ingenieur und Baumeister Memhardt entworfen. Ihm verdankt Berlin den ersten Stadtplan, und Unter den Linden geht in seiner Lage auch auf ihn zurück. Dafür trägt mittlerweile nahe beim Alexanderplatz eine Straße seinen Namen. Sie ist breiter als lang.

Louise Henriette starb vierzigjährig, 1667, und Memhardt mußte seinen Auslagen hinterherlaufen. Endlich, 1671, bekam er sie; aber wen, der für Honorar arbeitet, wundert das?

Ihr Sohn Friedrich, der Thronfolger, machte daraus einen Prachtbau, außen und innen, und ließ an seinem Lieblingssitz Oranienburg eine Inschrift anbringen. Sie ist, erneuert, noch und wieder vorhanden im alten Latein und lautet – da nehmen wir wieder Fontane: »Dies von der besten Mutter, der Prinzessin von Oranien, Louise, gebaute und durch den Namen ihres Geschlechts ausgezeichnete Schloß hat der Kurfürst Friedrich III. zum Gedächtnis der frömmsten Mutter erweitert und geschmückt im Jahre 1690«. Selten, daß ein Hochstehender so öffentlich seine Mutter ehrt.

Diese Frau war fromm. Sie praktizierte Nächstenliebe und richtete ein Waisenhaus ein. Für je zwölf Knaben und Mädchen. Mit der Chance, ein Handwerk zu erlernen oder zu studieren; für die Mädchen: ihre Aussteuer. Das war damals viel. Die Elternlosen sollten tannenbraune Kleidung tragen mit orangenem Besatz. Auf dem linken Ärmel das Abzeichen: Ein Kurhut mit den Initialen LC: »Louise, Curfürstin«.

Auf ihrem Denkmal vor dem Schloß hält sie die Gründungsurkunde des Waisenhauses in der Hand, die »hohe Wiederbegründerin der Stadt«. 1858 schuf Friedrich Wilhelm Wolff diese Figur; »zum dauernden Gedächtnis die dankbare Bürgerschaft Oranienburgs«. Was von dauerndem Gedächtnis zu halten ist, merken die Leute meist dann, wenn die Zeiten sich ändern. Das Denkmal war entfernt worden, aber 1956 auf Beschluß der Stadtverordneten wieder am alten Platze hingestellt, »trotz Protest von Bürgern der Stadt«, wie es 1957 in einem Brief an die »Berliner Zeitung« hieß: Einer mochte das nicht, verwechselte gar den Namen, nannte sie »Sophie Luise«; ihr Stehen stört: »wenn politische Redner auf dem Platz gegen Krieg und Imperialismus sprechen«. Aber als seine »Frau in einer Funktionärsversammlung des DFD [Demokratischer Frauenbund Deutschlands] gegen die Aufstellung des Denkmals protestierte und erklärte, daß der einzige Platz für das Denkmal das Museum oder der Schrotthaufen sei, wurde sie von der Ortsvorsitzenden des DFD zurechtgewiesen: ›wenn das Denkmal auf den Schrotthaufen gehörte, so gehörte meine Frau in einen Müllschlucker der Stalinallee in Berlin‹«. So steht's im September 1957 gedruckt. Denunziation und mitgeteilte Zivilcourage in einem. Die Statue blieb. In Berlin war Stalins Denkmal beiseite getan worden.

Dicht neben Louise Henriette »Die Anklagende« von Fritz Cremer, eine Wiederholung der Steinskulptur vom Denkmal für die Opfer des Faschismus auf dem Zentralfriedhof in Wien. »Schmerz – gebäre Tat« steht an der Wand.

Hochzeitsvergnügen im Jahre 1700. Eine andere Luise, die Tochter Friedrichs III., der im Jahr darauf König werden wird, heiratet im schönen Schloß und langte dazu in Oranienburg an. Dort stand die Garnison von der Garde zu Fuß »im Gewehr«. Daneben die »in Grau mit Oranjenfarbe« gekleidete Bürgerschaft, »wie Soldaten mit guten Musquetier-Flinten versehen, und in deren Gebrauch, durch ihres Hauptmanns Sorgfalt, dermaßen erfahren, daß sie ihre dreymalige Salven, gleich denen von der Garde, nicht anders wie einen einzelnen Schuß abgehen ließen.« Ja, die deutschen Kriegervereine ...

Liebenswürdiger die Ornamente am Triumphbogen und die Gemälde. Von der Liebe bezwungen und entwaffnet sind die Götter: Jupiter gibt sein Szepter ab, Neptun den Dreizack, Herkules die Keule, Mars sein Schwert und Diana ihren Bogen. Sinnbilder der Allmacht der Liebe: Cupido reitet auf einem Löwen: »Ich bändige alles«. Er schmiedet an einem Herzen: »Ich form es wie ich will«. Er steht mit gespanntem Bogen: »Ich kann überall eindringen«. Schließlich »strich er mit einem Streich-Holtz über einen Scheffel voll ungleich liegender Körner«: »Ich mach alles gleich.« Anzeigend, daß weder Stärke, noch feste Verwahrung, weder Widerspenstigkeit und Eigensinn, noch Stolz und Ehrgeiz, (die vier größten Hindernisse der Welt) »uns vor der Liebe schützen und befreyen« können. Und auch nicht vor der Demokratie.

Wo du Oranienburg berührst, es kommt deutsche Geschichte zum Vorschein. Als 1713 ein Ur- und Vorbild der nie aussterbenden Intellektuellenfeindlichkeit an die Macht kam, Friedrich Wilhelm I., strich er die kulturellen Mittel. Schlüter und Eosander verloren ihre Stellung und gingen ins Ausland. Dorthin wurden auch die vom Vater und Vorgänger gesammelten Kunstschätze verscheuert. Für das neue Hobby: Die langen Kerls. Achtzehn besonders große chinesische Vasen tauschte der König beim sächsischen Nachbarn gegen ein Regiment Reiter, die sich in das preußische Dragoner-Regiment Nr. 6 verwandelten, während August der Starke das neue, blaugemusterte Porzellan streichelte.

Zur Abwechslung. Eine dieser Dragonervasen steht heute im Museum in Oranienburg. Als Leihgabe aus Dresden. Wieder erblicken wir, was wir wissen: Porzellan ist haltbarer als Menschen. Man muß es nur sorgfältig behandeln.

»Durch Ihre schlechten Maßregeln haben Sie meine Lage verzweifelt gemacht. Nicht meine Feinde haben mich ins Unglück gestürzt, sondern die Unvollkommenheit Ihrer Anordnungen.« Wer möchte von seinem Bruder solchen Brief empfangen? Zumal, wenn der Absender Recht hat und Vorgesetzter ist. Der 35jährige August Wilhelm, Thronfolger in Preußen, hatte 1757 dem König Friedrich II. in Böhmen den Krieg verdorben. Als unfähiger Oberbefehlshaber. Die Heere wichen nach Schlesien, August Wilhelm zog sich in sein Schloß Oranienburg zurück, wo er ein Jahr später an einer Gehirnblutung starb.

Daß zu DDR-Zeiten ihre Nationale Volksarmee das Schloß friedlich besetzt hält, wollen wir nicht zu ironisch nehmen. Es ist schon gut, sie weder siegreich noch unfähig vorzufinden. Unser Volk hat ohnehin genug gelitten, wobei wir wieder beim König Friedrich II. sind, der Unter den Linden reitet und mit Seitenblick auf Erich Honecker in seinem politischen Testament erklärte: »Ein Herrscher wird nicht zu seinem hohen Rang erhoben ..., damit er sich von dem Mark seines Volkes mästet. ... Der Herrscher ist der erste Diener seines Staates. Er wird gut besoldet, damit er die Würde seiner Stellung aufrechterhält. Aber man verlangt von ihm, daß er tatkräftig zum Wohl seines Staates arbeitet und daß er mindestens mit Aufmerksamkeit die wichtigsten Staatsgeschäfte leitet.« Das gilt nach wie vor.

Soldaten und das Schloß Oranienburg haben eine fatale Anziehungskraft. 1778 klagt der Hofgärtner Bartsch, daß mutwillige Offiziere im Lustgarten eine Herkulesfigur umgekippt haben. Da hat er sie ohne abgebrochene Beine unter einer Buche so aufgestellt, als steige sie aus der Erde, und nannte es: »Geburt der Poeten«. Ein Mann voller Einfälle, der schon zu Zeiten von August Wilhelm begonnen hatte, Ananas zu züchten. Außerdem Feigen und edle Birnen, Pfirsiche und Weintrauben. Orangen ohnehin. Eine »Coffée-Staude« hatte Louise Henriette nebst anderen Gewächsen mit in die Ehe gebracht.

Während sich die 200 französischen Kriegsgefangenen, die 1794 in der Orangerie gehalten wurden, im Garten gut benahmen, fingen die eigenen Leute die eßbaren Nachtigallen weg, die sich im Park besonders wohlfühlten.

Gibt es noch Nachtigallen? fragt der Großstädter.

Nach dem Tode des Prinzen August Wilhelm melden die Chroniken den allmählichen Verfall und die »Demöblierung des Schlosses bei gelegentlicher Nutzung durch Mitglieder der Königsfamilie«, was zu deutsch heißt: Wenn der Verwandtschaft ein Tisch gefiel oder sie schöne Sessel brauchte, wurden sie eingepackt und abgeholt. Das ist immer so. Dann kam der Tag, an dem selbst der Hofmarschall zum Verkauf riet. Das Schloß war in einem Zustand, daß man in Kürze »nicht mehr wagen dürfte«, hineinzugehen. Aber als Fabrik eignete es sich.

Der Berliner Arzt und Apotheker Hempel kaufte es (12.000 Taler) und ließ Baumwolle fabrizieren. Verstand jedoch davon wenig, das Unternehmen verfiel. 1806 verheizen durchmarschierende Truppen, darunter das Hohenlohische Corps, in dem wir durch Kleists Anekdote aus dem letzten preußischen Kriege wenigstens den schnapsmutigen Reiter kennen, die Einrichtungsgegenstände und ein paar Bäume.

1814 richtete Hempel eine Schwefelsäurefabrik ein. Es riecht bis heute manchmal scheußlich in Oranienburg, wenn der Wind es will. Ehe wir uns dem Technischen Direktor der damaligen Anstalt zuwenden, ein Blick auf die weitere Verwendung des Schlosses. Friedrich Wilhelm IV. plante 1847 eine »Rettungsanstalt für gefallene Mädchen«; etwas zu spät. 1848 tagte der »Constitutionelle Club«, ein runder Tisch, über Verfassungsfragen. Umgebaut diente das Schloß als Lehrerseminar, war 1938 Polizeischule, schließlich SS-Kaserne. Es lockt, so scheint es, geradezu magisch Kommandorufe und Uniformen an. Die Havelbrücke, wer sieht es noch, flog 1945 in die Luft. Das Schloß war schwer beschädigt. Zwölf Jahre dauerte die Wiederherstellung des Außenbaus. Als neue Schloßherrin erschien die Nationale Volksarmee. Und nun in ihrem Zeitungston von 1970: »Im Schloß zeugt nur noch eine Stuckdecke aus der Zeit des Personenkults« – aber er meint Kurfürst Friedrich III. und nennt »Radmonogramm, kronentragende Putten, preußische Adler.« Der ungenannte Autor auf Nachtigallenfang. »In einem kreisrunden Bild die Göttin Aurora mit entblößter Brust. Darunter das Traditionszimmer des Truppenteils.« Ach, könnten wir es gegen Dragonervasen wegtauschen. Ein breiter, weißer »Streifen trennt diese Decke vom übrigen. Nach diesem Streifen erst beginnt ein von Soldaten gemalter Fries, und er dient selbstredend nicht der Huldigung von Majestäten, sondern des bewaffneten Kampfes des Volkes. An den Wänden, wo einst die gewiß herrlichen kurfürstlichen und königlichen Porzellane zu Renommierzwecken hingen«, andere sind ihm wohl unvorstellbar, »sind heute rote Tafeln angebracht, auf denen jedermann sieht, welche Leistungen der Truppenteil vollbracht hat, bei der Ausbildung, bei der Überwindung von Witterungsschäden und im Transportwesen und bei der Erntehilfe.« Das müßte sich doch übermalen lassen.

Zu meinen schaurigen Erlebnissen gehört die Begegnung mit einem Truppenteil auf der Oranienburger »Straße des Friedens«. Vorneweg ein Auto im Schritt-Tempo, auf dessen Anhänger ein für Großkundgebungen bestimmter Riesenlautsprecher, aus dem in endloser Wiederholung der Beethovensche Marsch tönte. Der Yorcksche Horror, abgedudelt; denn sie wissen nicht, was sie tun. Dahinter in Kolonne die jungen Männer, unlängst einberufen. Sie latschten im Takt. Und sogar die Offiziere taten mir leid. Sie marschierten zur Vereidigung in das ehemalige Konzentrationslager, um an furchtbarer Stätte das Fürchten zu lernen, die Drohung des erzwungenen Schwurs.

Da müßte ich doch in die Reihen springen und mich bei jedem einzelnen entschuldigen für diese Zeremonie, für diesen Zustand. Den habe ich nicht gewollt. Ich bin dem Hitler davongelaufen, bin desertiert für ein besseres Deutschland. Aber in dem anderen gibt es eine Bundeswehr. Und ihre Verweigerer werden verfolgt bis nach Westberlin. Und unsere Mauer versperrte den Weg in kein besseres Land? Berliner Ring. Bleibt es immer so?

Am 5. Oktober 1910 näherte sich Kaiser Wilhelm dem Revier Oranienburg zur offiziellen Hofjagd zu Ehren des Zaren Nicolaus. Der Salonwagen hielt in Borgsdorf – und nun live der Hofbericht: »Echtes Hohenzollernwetter lacht vom klarblauen Himmel herab, die Fahnen flattern lustig im frischen Morgenwind, und würziger Tannenduft strömt aus den dichten Gewinden der

Ehrenpforte«; man genieße die Adjektive. »Herzerfrischend« schreit die herangeführte Schuljugend »das begeisterte Hurra« – und sie schreit ja wirklich gern, immer bereit, wie jeder weiß, der irgendwann irgendwo wegen irgendjemand Spalier stand –, »daß selbst über die ernsten Züge des Zaren ein Lächeln gleitet«.

Heutzutage ist dieser Forst unpassierbar. Für Oranienburg gibt es weder einen Stadtplan, noch eine Karte der Umgebung, es sei den 1:200.000, womit kein Wanderer etwas anfangen kann. Überall steckt Militär und Geheimnis, oder um es mit einer Geschichte meines Kollegen Erwin Bekier zu erzählen, der sehr gut Russisch kann. Er stellt einen Korb mit einer Flasche Wodka nebst Zettel an den Waldrand. Andertags holt er ihn dort pilzgefüllt ab.

EDEN steht auf dem weiß-rot-grünen Etikett der Flasche mit keltertrübem Erdbeersaft aus dem Oranienburger Werk des VEB Havelland Beelitz. In der Mitte ein Wappen. Auf rotem Feld drei nach oben zeigende schwarze Pfeile. Sie bedeuten, das muß einem gesagt werden, die Tugenden »Bodenreform, Lebensreform, Wirtschaftsreform«; das sind die Grundsätze einer genossenschaftlichen Siedlung, die vor knapp hundert Jahren von einer Gruppe Vegetarier gegründet worden war und bis heute besteht. Wieder war es eine Frau, die dem Gemeinwesen den Namen gab. »Eden« mit direktem Bezug auf die Bibelstelle. Ein kleines Paradies sollte die »Gemeinnützige Obstbausiedlung« werden. Das scheint über manch problematische Zeit hinweg gelungen: »Eden« umfaßt heute auf einem Quadratkilometer Land etwa 350 Häuser in »Erbbaunutzung« oder Pacht und erzeugt jährlich rund 1000 Tonnen Obst- und reine Gemüsesäfte. Längst sind als Mitglieder auch Nichtvegetarier zugelassen.

Die Gründer hatten gute Gründe, aus der Stadt zu ziehen. Sie suchten ihr genossenschaftliches Ideal in der »Harmonisierung von Individualismus und Sozialismus«. Zehn Jahre lang wurde auf dem Wasserwege Berliner Straßenkehrricht angefahren, der damals vor allem aus Pferdeäpfeln bestand, und in Traglasten auf das Gelände gebracht, vermischt mit Kalk und Lehm. So gelang es, den bekanntlich nicht sehr ergiebigen märkischen Sandboden, von dem beim Gießen das Wasser abperlt, zu fruchtbarem

Kulturland zu verbessern. 1904 gab man sich ein Statut. Zur Güte der auf unveräußerlichem gemeinschaftlichen Bodeneigentum angebauten Pflanzen und ihre Erträge kam die angestrebte Lebensqualität. Sie war wichtiger als das Materielle. In der Geschäftsordnung heißt es, daß die Freiheit des einzelnen ihre »natürliche Grenze im Gemeinwohl« findet. Jedem soll unbenommen sein, »sich nach seinem Bedürfnis seine Anschauungen« zu bilden, doch er hat die »Meinungen Andersgesinnter zu achten« und »Verletzung fremder Gefühle zu vermeiden«. Aus dieser Nächstenliebe, die sogar keine »bissigen Hunde« zuläßt, wuchs eine Oase, mehr aber nicht. Während sich diese fleißigen Siedlerfamilien und ihre Nachkommen ein eigenes Paradies schufen und bewahrten, entstand am entgegengesetzten Ende Oranienburgs eine Hölle. Das Konzentrationslager. Linkerhand, wo sich die 96 der Altstadt nähert, beim Einfahren von Süden kaum zu bemerken, gibt es eine Gedenkstätte für das erste Lager, das die Berliner SA-Standarte 208 bald nach Hitlers Machtergreifung auf dem Gelände einer ehemaligen Brauerei errichtete. Alte Filmaufnahmen zeigen prominente Häftlinge aufgereiht, und im Hintergrund den Oranienburger Kirchturm. In diesem Lager wurde 1934 der unbequeme Dichter Erich Mühsam, damals 56jährig, zu Tode gequält. Sein Grab liegt auf dem Waldfriedhof in Berlin-Dahlem.

In Gestalt eines riesigen, fast gleichschenkligen Dreiecks wurde im Sommer 1936 an der Straße nach Schmachtenhagen und der nach Sachsenhausen ein Konzentrationslager aufgebaut. Mit Wohnbaracken, Kasernen und vielerlei Einrichtungen zum Töten. Mindestens 200.000 Menschen sind dort eingeliefert worden. Jeder Zweite kam um sein Leben, noch im Tode verhöhnt durch die Torinschrift: »Arbeit macht frei«.

»Ich schreibe dieses Kapitel nicht gern – wer würde es? –« heißt es bei Hans Scholz, als er auf seinen »Wanderungen und Fahrten in der Mark Brandenburg« in Oranienburg anlangte. »Ungeschrieben kann es nicht bleiben. Es ist Teil der brandenburgischen Geschichte, der Tatort ist brandenburgischer Boden. Verschweigen hieße lügen, hieße sich nachträglich zum stillen Komplizen machen.«

Seit 1961 gibt es eine Gedenkstätte. Aber können Museum und Rundgang, Broschüren und Augenschein je die abscheuliche

Demütigung des Menschen vermitteln? In Sachsenhausen befand sich auch die Zentrale des deutschen KZ-Systems, die planmäßig das Vernichtungsprogramm in den besetzten Gebieten Europas betrieb. Sachsenhausen war bis dahin ein guter Name; er kam von den sächsischen Feinwollspinnern, die um 1750 hier Land und Wohnrecht erhielten: Sachsen hausen; friedlich und als gute Nachbarn.

Als nach dem Kriege neben dem Krematorium zwei Gruben freigelegt wurden, enthielten sie 27 Kubikmeter Menschenasche und -knochen. Im KZ Sachsenhausen wurden 18.000 sowjetische Kriegsgefangene umgebracht, aber auch eine britische Schnellbootbesatzung, die an der norwegischen Küste in Kriegsgefangenschaft geraten war; luxemburgische Polizisten und französische Bergarbeiter, Juden und Kommunisten, Homosexuelle und Zeugen Jehovas, Pazifisten und Zigeuner. In polnische Uniformen gesteckte Häftlinge, durch Giftspritzen getötet, dienten am 31. August 1939 beim »Überfall« auf den Sender Gleiwitz mit anderen Vorwänden zum Kriegsbeginn. Anfang Oktober 1941 wurde an sowjetischen Kriegsgefangenen das erste Vergasungsauto erprobt, in dessen Laderaum Auspuffgase gepreßt wurden.

Kann eine Gedenkstätte das vermitteln? Wem angesichts solcher Taten und Untaten das Begriffsvermögen fehlt, denke an den einzelnen Menschen, besser, versuche sich am eigenen Leibe vorzustellen – das geht auch nicht.

Nachdem sie die Menschen im Lager befreit hatte, nutzte die Sowjetische Militär-Administration dessen Kapazität, um Nationalsozialisten und andere, die sie für schuldig hielt, dort einzusperren. Dazu fehlt bislang dokumentarisches Material. Man weiß nur vom unter Hitler berühmten Schauspieler Heinrich George, der dort spielen durfte, gestorben ist und begraben liegt, liegen soll.

Verschwiegen wurde – und weil niemand darüber sprach, wie zu Hitlers Zeiten, blieb weithin unbekannt, daß das Lager zumindest bis 1949 vom sowjetischen Geheimdienst genutzt wurde. Nach monatelanger Haft wurde der achtzehnjährige Berliner Peter Bordihn in einen Gefängniswagen verfrachtet. »Die Fahrt endete in Sachsenhausen. Im ehemaligen Hitler-KZ. Das war ein Schock.« Einige hundert Gefangene hausten im Steinbau, der heute noch steht, etwa in der Mitte des Lagers. Im Frühsommer 1949 mußten sie antreten. Auf dem alten Appellplatz. »Von Soldaten mit Maschinenpistolen und Hunden bewacht, marschierten wir rüber zu den berüchtigten Anschlußgleisen, wo einst die KZ-Häftlinge ankamen. Wieder standen dort geschlossene Güterwaggons. Das war der entsetzlichste Augenblick meines Lebens, denn ich sah es regelrecht vor mir, was sich hier vor noch gar nicht allzulanger Zeit abgespielt hatte.« Worte eines der vielen unschuldig Verurteilten, die ebenfalls ihre Gedenkstätte bekommen müßten, so man nicht überhaupt darauf verzichtet, welche zu errichten.

Es gibt andere Möglichkeiten als Schulausflüge nach Oranienburg.

Als das Hitlerreich zusammenbrach, wurden die meisten Oranienburger KZ-Häftlinge evakuiert. Vier Todesmärsche, die etwa 6000 Menschen das Leben kosteten. Vom Ausspruch eines Überlebenden wollen wir uns eine Zeile mitnehmen, die sich mittlerweile auf diese deutsche Vergangenheit anwenden läßt: »Die Bevölkerung verhält sich uns gegenüber ziemlich gleichgültig.«

Mit der S-Bahn quer durch den »Berliner Ring«. Von Flughafen Schönefeld bis Oranienburg. Laut Fahrplan in einer Stunde und achtundzwanzig Minuten. Einst mit Dampf am Stettiner Bahnhof, seit 1925 elektrisch. Aber nicht mit dem Umweg wie heutzutage, sondern über Waidmannslust und Frohnau. Das kommt auch wieder. (Als diese Zeilen geschrieben werden, rodet man an der zugewachsenen Strecke zwischen Frohnau und Hohen Neuendorf; es erscheint auch wieder wöchentlich der »Nord-Berliner« für Oranienburg und Umgebung.)

Ich fahre vierzig S-Bahn-Minuten von Pankow bis Oranienburg. Das sind, falls keine Schulklassen einsteigen, achtunddreißig Leseminuten. S-Bahnhof Oranienburg: viele steigen um in Züge nach Templin, Pasewalk, Neustrelitz und Anderswohin. Unsereiner geht die Außentreppe links hinunter und gleich zum Briefkasten. Hier eingesteckte Sendungen erreichen ihre Empfänger um etliches schneller. Seit langem schon. Lag es am Knotenpunkt, den Züge von Rostock und Dresden, Stralsund und Leipzig selbstverständlich berühren? Oder war die Brieflesestelle der

Staatssicherheit schwach besetzt oder großzügig, kurzum, der Oranienburger Postkasten lockte.

Das Postamt schräg gegenüber hatte bis neulich einen Briefschlitz in seiner Straßenfront. Man steckte direkt ein, gab tatsächlich etwas auf die Post; allemal ein Erlebnis, denn der Eindruck, daß im Zimmer, in das der Postschlitz führte, jemand säße, der diesen meinen Brief mit beiden Händen auffangen, abstempeln und sogleich befördern würde, war zwingend. Das Gebäude, Jahrgang 1927, will betrachtet sein. Vier Männer strecken Kopf und Hals aus der Fassade: Der Beamte mit der Dienstmütze, sein telegraphierender Nebenmann mit Kopfhörern, der traditionelle Postillion mit der Kokarde am Hut, schließlich mit Lederhelm und Schutzbrille der Eilzusteller. Wie erst würden sie farbig wirken. Nun müßte ein genialer Baumeister Frauenköpfe daneben setzen: Die »Auskunft, bitte warten«, die ständig Schecks Auszahlende, die Dame mit den Sondermarken und die Zeitungsfrau, frühste Frühaufsteherin, die Stunden später auch Briefe zustellt. (Für den DDR-Besucher gehörte zum Westen-Erlebnis, daß kräftige junge Männer den Karren mit Post und Zeitungen bewegen, und daß hinter den Schaltern im Postamt gleichfalls Männer im besten Alter Briefmarken verkaufen.)

1677 beförderten bereits Männer die Briefe von Berlin nach Stettin über Oranienburg. 1819 war im ersten Quartal Baron von Grotthus der Oranienburger Postmeister, was uns gleichgültig ließe, wäre er nicht der zweite Ehemann der schönen Sara gewesen, die mit Rahel Varnhagen korrespondierte und Goethe ihr Herz ausschüttete, weil sie dreizehnjährig im Feuer erster Verliebtheit seinen »Werther« gelesen hatte, heimlich, und dabei ertappt, kurzerhand mit einem anderen verehelicht wurde, der viel zu alt für ihre Wünsche war und erst nach zehn Jahren starb. Aber das ist schon eine andere Geschichte.

Zu Goethe kam 1819 in Jena ein »junger Chemikus«, der sich mit der Untersuchung von Giftpflanzen beschäftigte und behauptet hatte, er könne das Giftigwirkende von Bilsenkraut, Tollkirsche und Stechapfel in damit vergifteten Menschen und Tieren nachweisen. Es gelang ihm am bepinselten Auge einer jungen Katze, deren Regenbogenhaut die Spuren des Stechapfelgiftes anzeigte durch zeitweilige Lähmung des Schließmuskels. Der junge

Mann hieß Friedlieb Ferdinand Runge, und Jenas Gassenjungen riefen ihm bereits »Dr. Gift« nach. Goethe ließ sich ausführlich berichten, empfahl Gegenmittel zu entdecken und wollte wissen, wie Runge auf diese eigentümliche Art von organischer Chemie gekommen sei. Dem war als Lübecker Apothekerlehrling beim Bereiten einer Arznei mit eingekochtem Bilsenkrautsaft ein Tropfen ins Auge gespritzt. Nach einigen Tagen kehrte die Sehkraft zurück. Diese Kenntnis nutzte Runge, um einem Bekannten die Einberufung zu ersparen. Napoleon bereitete seinen Einmarsch in Rußland vor, alle irgend Wehrfähigen wurden gemustert; jener junge Mann, für 36 Stunden erblindet, ward als untauglich befunden.

Goethe, von solcherlei Chemie beeindruckt, schenkte dem jungen Gelehrten zum Abschied eine Schachtel mit Kaffeebohnen, die ihm ein griechischer Besucher übergeben hatte. Runge nahm, untersuchte und entdeckte das Coffein.

1832 kommt Runge nach Oranienburg, als Dr. med. und Dr. phil., um in der Fabrik seines Freundes Hempel zu arbeiten, die sich im Schloß befand. Dort entdeckt er bei Untersuchungen des Steinkohlenteers das Anilin, ferner Phenol, Karbolsäure und anderes mehr, das seinen Namen hätte berühmt machen müssen. Aber nicht einmal die kleine Rungestraße in Berlin heißt so seinetwegen.

Die Buchhandlung für wissenschaftliche und Fachliteratur und eine Oranienburger Oberschule sind nach F.F. Runge benannt. Seine »Zwecklose Gesellschaft«, die er mit Freunden, darunter Hoffmann von Fallersleben, gegründet hatte, harrt der Wiederbelebung. Man besprach Sonnabends »mit Humor« die Tagesereignisse und kritisierte eigene und fremde Werke. Mehr noch, am Ende seiner in drei Bänden veröffentlichten »Hauswirtschaftlichen Briefe« druckte Runge Pressestimmen: »Meine Beurteiler im Guten und im Bösen«. Ein Freund erklärte ihm: »Diese Zunftgelehrten sind wütend, daß Sie ganze Bücher schreiben, ohne ein einziges Fremdwort zu gebrauchen und daher von jedermann verstanden werden!«

Als konsequenter Junggeselle und Kochkünstler, vertraut mit der Chemie der Küche, hatte er unter den Oranienburger Hausfrauen etliche Freundinnen, die er beriet. Zu seiner Zeit war ein

Haushalt mit Tätigkeiten verbunden, die uns fremd vorkommen. Seifekochen, Kerzengießen – Runge erfand die Stearinkerze und später die Paraffinkerze. Wenn er beim Erbsenkochen empfiehlt, fein zwischen der Verwendung von Flußwasser und Brunnenwasser zu unterscheiden, merken wir, wie lange das her ist.

Er teilt mit, wie man Heringsgeruch von Türklinken entfernt, wie oft und womit man Därme vorm Wurstmachen behandelt. Er kennt sich aus mit Obstwein, falschen Kapern (Kapuzinerkresse) und Butter. »Entweder sehr gute Butter, oder gar keine!« Gute Butter muß nach frischer Milch riechen; junge Sahne ergibt gute Butter, alte schlechte. Entsetzlich klingt, wenn er den Zahnarzt schildert, der dreimal das Gerät wechselt, ehe er einem jammernden Mädchen den schlechten Zahn entreißt. Runge: Es gibt doch Chloroform! Da ihm auffällt, daß viele Hausfrauen oder ihre Dienstmädchen beim Fensterputzen auf die Straße stürzen, rät Runge, die Fenster nur nach innen öffnend anzulegen. In einer Lumpensortiererei vertreibt er übers Wochenende das Ungeziefer mit Schwefeln. Als das von einer Dame gegen die Wanzen in ihrer Wohnung nachgemacht wird, zerfallen ihre gestickten Fenstervorhänge bei der nächsten Wäsche wie Zunder. Runge weiß, warum. Die schweflige Säure, die sich beim Verbrennen bildet, hat sich in vollkommene Schwefelsäure verwandelt.

Runge ist der Chemische Direktor der Fabrik, die eine zeitlang von der Preußischen Seehandlung betrieben wird. Er weiß viel, läßt andere teilhaben und erteilt Chemieunterricht in nah und fern. Sein »Grundriß der Chemie« erscheint in 15.000 Exemplaren. Jede bayerische Dorfschule erhält auf Veranlassung des Kronprinzen Maximilian von Bayern ein Exemplar. Die damals aus England eingeführte Tinte ist teuer, »nicht besonders schön« und zersetzt sich leicht. Vor Gebrauch muß man das Tintenfaß umrühren. Also mixt Runge mit Diesbacherblau eine Tinte. Von ihr erfährt der König Friedrich Wilhelm IV. in Potsdam, der nur mit englischer Tinte schreibt; er probiert, ist zufrieden und bestellt. Da Runge aber die erste Lieferung in einer wiederverwendeten Champagnerflasche geschickt hatte, bekam er eine originale zurück. Die mußte er erst austrinken, ehe sie mit »Runge's blauer Königstinte« gefüllt ins Schloß ging.

Ein sehr origineller Kopf, wie es über Runge hieß. Die langen Haare bis weit in den Nacken, uns auf einem Foto zuprostend, war er bis zu seinem Tode in seiner Stadt beliebt. Zwar verbrannte ihm die Wohnung, verlor er seine feste Anstellung als Chefchemiker, später die vereinbarte jährliche Pension und erneut die Wohnung, aber er blieb der menschenfreundliche Ratgeber und hat, wie so mancher, wenigstens einen schönen Grabstein bekommen.

Da er mit Chlor umzugehen wußte und Berliner Zeitungen las, störte ihn, daß eine Zeitung »nur für einen Augenblick zu dienen bestimmt ist«, besonders ihre Anzeigen, und er kam auf den Einfall, das schöne Papier wieder reinzuwaschen, wobei er nicht einmal den politischen Teil im Auge hatte. Die Rückverwandlung in weißes Papier scheiterte an der Zusammensetzung der Druckfarbe. Folglich erfand Runge eine, die sich leicht abwaschen ließ, und dachte, eine Redaktion könne ihre Abonnenten bitten, die ausgelesenen Blätter abzuliefern, um sie wieder weiß zu machen. Mittlerweile geht das. Zuvor aber macht jede Zeitung ihren Lesern manches weis.

Ruß wurde in Oranienburg lange hergestellt für Autoreifen und Druckerschwärze, Kaltwalzwerk, Pharmaindustrie und anderes. Ist die Industriestadt nicht häßlich? Verbaut und an Alltagen überfüllt; alles strömt in die Kreisstadt: Bank, Kaufhaus, Poliklinik, Reparaturen und wer weiß wozu noch. Die 96 macht einen Knick am Kaufhaus mit den überstrichenen Jugendstil-Ornamenten. Autostau. Mehr Radfahrer als Fußgänger.

Viele Neubauten. Drei für ein Jahr vom Westberliner Patenbezirk geliehene Mülltransporter entlasten. Wer einen Bürgersteig betrachten und betreten möchte, auf dem gerade ein Mensch Platz hat, der frage sich zur Kanalstraße. Es gibt auch einen Henriettensteig mit dickleibigen Eichen, die bisher standgehalten haben. Deshalb sind sie auch im Stadtwappen mit acht grünen Blättern und vier goldenen Eicheln. Rechts schwebt ein gekrümmter roter Fisch. Alte Rechte: Holzschlag und Fischfang und Rot und Grün sind die Brandenburger Farben.

Ist die Stadt schön, weil viele in der Umgebung Erholung finden? Der an Orangen erinnernde Name hat etwas Liebliches. Für mich, weil er in den Garten verführt, in dem mir kein Baum in den Himmel wächst, es sei denn die Birke. Fluchtpunkt aus der Großstadt, bis es am zweiten Abend zu still wird und unruhig macht: Was ist los in Berlin?

Es gibt herzensgute Nachbarn, die auf die Wasserleitung aufpassen, weil es doch in Oranienburg immer ein paar Grad kälter ist als in Pankow.

Ein kleiner Gingko wächst und wird laut Baumbuch in hundert Jahren Früchte tragen. Die Ameisen wissen nicht, daß ich ihre Staaten anerkenne, aber sie schicken mir Botschaften. Züge tuten Sehnsucht nach der See. Bin ich allein übers lange Wochenende, darf ich Knoblauchzehen essen. Meine Weintrauben sind blau und so groß wie Blaubeeren; nicht einmal die Vögel greifen zu. Efeu, mitgebracht von Gräbern: Fontane, Kafka, Kleist. Nachthimmel im Garten: Über den fahren langsamschnell Satelliten, jedoch häufiger als Autobusse. (»A: Was nutzt dir nun dein ferner Garten? He? B: Daß ich dich dort nicht seh!« – Lessing). Aus Iowa mitgebrachter Kürbissamen verwandelt sich auf dem Kompost in großmächtige Gebilde: Orangefarbene. Das möchte wohl sein.

(1988/89)

Der zweite Tag von Potsdam

Es ist so eine Sache mit den letzten Wünschen. Doch alles kommt zu dem, der warten kann, und wenn es 205 Jahre dauert. König Friedrich der Zweite liegt nun in seiner Gruft und soll seine hoffentlich letzte Ruhe gefunden haben. Seltsam, wäre der Zweite Weltkrieg nicht nach Potsdam gekommen, der Sarg stünde heute noch in der Garnisonskirche, und außer ein paar Historikern fände keiner etwas dabei.

Daß es zu den bekannten Umwegen kam, hat auch mit dem ersten Tag von Potsdam zu tun. Am 21. März 1933, zwischen Reichstagsbrand und Bücherverbrennung, benutzte Hitler den König, dessen Sarg bei dieser Gelegenheit einen Lorbeerkranz bekam. Beim Blättern in alten Illustrierten über jenen unseligen Tag findet man den Kronprinzen unter den Ehrengästen abgebildet, Prinz August Wilhelm »in der S.A.-Uniform im Gespräch mit SS-Führern auf den Stufen der Nikolaikirche«; Prinz Eitel Friedrich und Prinz Oskar von Preußen stehen feldmarschmäßig angetreten mit einer Ehrenkompanie. Ja, auch die Hohenzollern müssen ihr Geschichtsgepäck tragen.

Als vor Monaten von der erneuten Beisetzung die Rede war, schien es, als würde der jetzige Hohenzollernchef testamentstreu um Mitternacht mit einer Laterne allein dem Sarg folgen bis zur Gruft. Dann kam die Befürchtung auf, die Bundeswehr würde sich Friedrichs bemächtigen, weil es ihr zu europäisch zugeht in vielen Köpfen und so gar nicht »deutsch« genug, oder »preußisch«.

Offenbar ist es der Landesregierung zu danken, daß es zu keinem militärischen Spektakel kam. Etliche hohe Offiziere standen freiwillig Spalier. Aber auch nur so lange, bis am Abend das Areal um das Schloß gesperrt wurde. Also standen sie wie immer nur wegen der Leute da und erweckten den Eindruck, als sei der Alte Fritz bloß ein Militärwesen. Hätte man am Sarg nur zwei Behelmte zugelassen, dahinter zwei Philosophen, dann zwei Musiker und zuletzt zwei Bauern – es wäre der Persönlichkeit von Eff Zwei näher gekommen.

Nicht zu vergessen den Soldatenkönig, der bei dieser Gelegenheit in der Friedenskirche beigesetzt wurde. Ein frommer Mann zeitlebens, und bis in die jüngste Zeit den Ostdeutschen vertraut. Weil er die Post seiner Untertanen mitlas.

Zur Feierstunde kluge Worte in den Ansprachen. Zum Nachlesen im ganzen Lande, auch bis nach Hechingen in der Burg Hohenzollern, wo sogar die unvermeidlichen Tauben schwarz-weiß gezüchtet werden.

Schließlich der letzte Weg zur nächtlichen Viertelstunde. Der schwarz-weiß verhüllte Sarg, geleitet von einer Mannschaft des traditionellen Beerdigungsinstituts Grieneisen unter den Klängen des Hohenfriedberger Marsches, gespielt vom Potsdamer Polizeiorchester. War das ein letzter Wink?: Es geht ohne Militär! Ein würdiger Abschluß. Respekt. Zwar stand einer zu viel dabei, aber das Ganze besaß jene Toleranz, die als das Wertvollste von diesem zweiten Tag von Potsdam bleibt.

Voltaire wäre ein Epigramm eingefallen zu dieser Nacht. Nun besitzt Potsdam den größten Krieger und zugleich das (in Bonn verbotene) Mahnmal für den unbekannten Deserteur. Und jeder kann auf seine Façon selig werden in dieser Stadt.

(1991)

Wo in Pankow war Weber?
Für Rudolf Dörrier zum 99. Geburtstag

Im Berliner Norden, durchquert von seinem namensspendenden Flüßchen Panke, liegt Pankow, seinerzeit der drittgrößte Ost-Berliner Stadtbezirk. Dort wohne ich seit über vierzig Jahren, fing aber schon beizeiten an, über diese Gegend zu schreiben. (»Bei uns in Pankow«) Schließlich möchte man wissen, wo man lebt. Der Eingewanderte war heimisch geworden und der Text so lang, daß ich eine Stunde daraus vorlesen konnte und sollte, bei uns in Pankow, eingeladen vom Pankower Kulturbund ins Kreiskulturhaus »Erich Weinert« in der Breiten Straße. Das war 1980.

Viele Pankower waren erschienen, um zu hören, ob auch stimmt, was ausgerechnet ein Zugereister über ihr Pankow zu erzählen weiß. Aus entgegengesetzter Richtung, aus dem eine halbe Stadtbahnstunde entfernten Stadtbezirk Treptow war Eveline Bartlitz gekommen, die damals in der Musikabteilung der Deutschen Staatsbibliothek Unter den Linden beide Hände über Carl Maria von Weber hielt, dessen 200. Geburtstag 1986 bevorstand. Während der Direktor der Musikabteilung, Dr. Wolfgang Goldhan, aus der kostbarsten und umfangreichsten Sammlung Weberiana in Bibliotheksbesitz die bis dahin unveröffentlichten Reisetagebücher Webers zur Herausgabe vorbereitete, war Eveline Bartlitz damit beschäftigt, hundert Briefe Carl Marias an seine Braut Caroline Brandt aus den Jahren 1814 bis 1817 zur Veröffentlichung zu ordnen.

Weber war im Februar 1812 zum erstenmal nach Berlin gekommen, wohnte gut in Meyerbeers Elternhaus, aber die Berliner gefielen ihm nicht. »Die Menschen sind kalt, voller Maul und kein Herz.« Er war nicht der erste, blieb nicht der letzte, der das empfand. Doch bald gewann er viele Freunde, unter ihnen die Juweliersfamilie Jordan. Jordans hatten – aber wo in Pankow? – ein Sommerhaus. Dort war Weber oft zu Gast, musizierte und komponierte. Ein Canon trägt den Vermerk: »Im krummen Sande nach Pankow.«

»Wo kann das gewesen sein?« fragt Eveline Bartlitz mich im Kreiskulturhaus. Ich weiß es nicht.

Wer in Pankow etwas über Pankow erfahren wollte, ging damals zu Rudolf Dörrier in die von ihm begründete Stadtbezirks-Chronik. Das ist eine Museumsetage in einem alten Bürgerhaus in der Heynstraße 8. Schmuckstück und Fundgrube. Heute »nur« Museum während die Chronik in der Breiten Straße 43 zur Forschung und öffentlichen Nutzung zur Verfügung steht.

Rudolf Dörrier, Pankow-Experte, kennt sämtliche Chroniken und Ortsbeschreibungen; er hat selber zwei Bücher über Pankow verfaßt, zumal er nicht aus Berlin stammt, sondern aus dem Braunschweigischen. »Weber in Pankow?«. Dörrier schüttelt den Kopf.

Aber die Staatsbibliothek hat Webers Tagebücher und kann's beweisen: »Sonntag, 7. Juni. Um 4 [16] Uhr mit Mlle. Koch, Dr. Flemming [ihrem Verlobten, er war Augenarzt und komponierte] und Lichtenstein [der später den Berliner Zoologischen Garten gründete] nach Pankow gefahren zu Pierre Jordan. Recht vergnügt da gewesen. Um 1/2 1 zu Hause gekommen. Die Fuhre kostet 18 gr. Trinkgeld in Pankow 8, einem armen Mädchen 3.«

Zwei Sonntage später ist er wieder bei Jordans. »Ich spielte viel und wirklich gut. Ich kann mich gar nicht erinnern, so disponiert gewesen zu sein. So daß ich selbst zufrieden war. Gut noch vor Ausbruch des Gewitters nach Hause gekommen um 1/2 12 Uhr. Trinkgeld 8, Fuhre: –.« Wenn jemand anders die Kutsche bezahlte, macht Weber erleichtert solchen Strich. Jede Ausgabe wird buchhalterisch genau behandelt. Er rechnet, weil er rechnen muß.

Daß Webers Reisetagebücher so mühelos zu lesen sind – seine »Spinnweb-Handschrift« wurde schon zu Lebzeiten bemängelt – verdanken wir Franz Zapf (1903-1966), dem Direktor des Dresdner Münzkabinetts, der aus Liebe und Begeisterung für Carl Maria die Gedenkstätte in Hosterwitz bei Dresden aufbaute und Wort für Wort seine Handschrift entziffert und mit Anmerkungen versehen hat. Aber wo in Pankow war Weber?

Die Hofjuweliere Jordan waren Vettern zweiten Grades, wohnten in Berlin und hatten ihre Geschäftsräume in der Behrenstraße 32. Pierre Jean Jordan (1761-1838) war in zweiter Ehe verheiratet mit Wilhelmine Friedel (1772-1842), einer dichterisch begabten Frau mit schöner Singstimme. Um sich leichter von Pierre Antoine Jordan (1764-1827) zu unterscheiden, nannten sie sich Jordan-Friedel. In Pankow besaß jeder der beiden Juweliere ein Landhaus mit Garten.

Das Dorf, damals weit außerhalb der Stadt, war beliebt wegen seiner guten Luft und der lieblichen Lage. Die kleinen Leute fuhren sonntags zur Erholung hin, die Großen erwarben oder bauten dort Häuser. Nur wenige hundert Meter entfernt vom Schloß Schönhausen und seinem Park mit dem nur noch an zwei anderen Stellen in Europa ähnlich vorhandenen, hier achtzehn Meter langen Flüsterbogen.

Wer damals Musik in eigenem Hause hören wollte, mußte sie sich selber machen oder Musikanten holen. Für Geld oder als Gast. So gelangte Weber durch seine Berliner Freunde in ein sich ihm freundlich öffnendes Haus. Vereintes Vergnügen am gemeinsamen Musizieren führte zu engerer Beziehung mit dem 26jährigen, der Klavier und Gitarre spielte und sang, wobei nicht übersehen sei, daß die Hofjuweliere sich mit Weber schmücken konnten. Es war eine Berühmtheit, die bei ihnen in Pankow sang und spielte.

»22. Juli. Nach Tische nach Pankow zu Kielmann [ein Bankbuchhalter], und Hellwigs morgenden Geburtstag gefeiert. Gesungen, gespielt ...« Hellwig, ein Jurist, komponierte und war Vizedirektor der Berliner Singakademie.

Neunmal während seines ersten Berliner Aufenthaltes ist Carl Maria von Weber in Pankow gewesen. Ehe er abreist: »20. August. Nach Tische nach Pankow. Madame Jordan Friedel das Tanzlied gebracht«, das er Anfang des Monats komponiert hatte – (vierstimmig, für Sopran, zwei Tenöre und Baß) – für Jordan Friedel und seine talentvolle Eheliebste.

Zwei Jahre später ist Weber wieder in Berlin, für einen Monat, doch darüber sind keine Aufzeichnungen erhalten. Aber ein Canon, »comp. d. 4. Sept. 1814 im krummen Sande nach Pankow.«

Wo könnte das gewesen sein? Irgendwo an der Schönhauser Allee, geradewegs zum Schloß führend? Weder die Spezialkarten noch die Fachleute für Windmühlen und Lehmgruben zwischen Alexanderplatz und Pankow konnten bisher Auskunft geben. Also werden wir uns Freikugeln gießen und in alle Winde schießen.

Möglich, daß Weber, der gern Späße trieb, diesen Namen erfunden hat. In mancher Familie gibt es eigene Benennungen für

Ecken, Wege, Situationen und Nachbarn. Vielleicht haben die Freunde auf ihrer Fahrt nach Pankow immer an dieser Stelle Rast gemacht? Es war staubig, man bekam Durst. Da haben sie sich den Namen ausgedacht. Das hätte einiges für sich – da aber trifft eine Freikugel auf eine Verszeile.

1854 wird im benachbarten Niederschönhausen, das heute längst zu Pankow gehört, ein Jubiläum gefeiert. Der Bankier Brose, an den der Brosepark erinnert, begeht sein 50jähriges Wohnjubiläum im Ort. In einem »Jubellied« ihm zu Ehren steht die Strophe:

>»Du zogest durch den krummen Sand
>Sogar im Winter gern.
>An den Galgen ging es mutig vorüber,
>Ach, es geht ja doch nichts darüber;
>A la boule, a la boule, meine Herren!«

Also gab es ihn. Wegen des erwähnten Galgens vermutlich weiter westlich. Also lautet die Anmerkung: »Eine Stelle auf der Hälfte des Weges zwischen Berlin und dem nahen Dorfe Pankow.« Zwar nicht mit Sand, jedoch mit Bauten hat die Stadt den grünen Vorort nach und nach geschluckt.

Carl Maria von Weber paßt gut zu einem Stadtbezirk, der schon über vierhundert Rathauskonzerte veranstaltet hat Neben anderen Denkwürdigkeiten – immerhin wurden hier Film, Fernsehen und die Thermosflasche erfunden – darf Pankow die Uraufführung eines Weber-Werkes nennen! Auch der Text soll von ihm sein.

Jener Canon vom »krummen Sande«:

>»Scheiden und Leiden ist einerlei.
>Weh' wer in beiden sucht zweierlei,
>Weh' dem, der in beiden sucht zweierlei!
>Weh' Ja! Scheiden und Leiden ist gleich. Ja!«

Die nächste Freikugel. Wenn schon den Chronisten der letzten hundert Jahre Webers Besuche in Pankow allein wegen der unveröffentlichten Reisetagebücher entgehen mußten, wer sollte auf die Idee kommen, ihm in Pankow ein Denkmal zu setzen? Als aber 1956 in der Schönholzer Heide eine Freilichtbühne eingeweiht werden konnte, wurde dort ein Weber-Standbild aufgestellt. Nicht, daß jemand dabei an Heines »Schlesische Weber«

gedacht hätte, wie das zuweilen vorkommt, wenn Berlins Senat-Toren Denkmale verordnen oder Straßen benennen, nein, unser Carl Maria war tatsächlich gemeint. Noch im Mai 1969 fotografierte Orts-Chronist Rudolf Dörrier die Figur der mittlerweile eine Hand und der Kopf fehlten. Um 1973 war die Freilichtbühne zugewachsen. Längst sind Webers Denkmalreste entfernt. Das war schon 1980 so lange her, daß unsereins vergebens fragte: Wer hat die Figur bestellt? Wer hat sie bezahlt? Wer war der Künstler?

Das jüngste Gerücht lautete damals: Bei der Ausgestaltung der Deutschen Staatsoper Unter den Linden sei eine Weber-Figur übriggeblieben und daraufhin nach Pankow verbracht worden, weil da gerade Platz war auf der neuen Freilichtbühne. Sechse treffen, sieben äffen. Das passierte uns aber nicht zum erstenmal. 1954 wurde Pankow – welcher Bezirk hat noch nichts? – freundschaftlich beschenkt mit einer großen weißen Büste des größten rumänischen Dramatikers und Prosakönners des 19. Jahrhunderts Ion Luca Caragiale. Die steht vor der nach ihm benannten Bibliothek in der Mühlenstraße; und manchmal stellte ich mir vor, wie er sich in diesem Backsteingebäude Bücher ausleihen durfte als Ausländer.

Jedoch von 1904 bis 1912, als Caragiale in Berlin war und gewiß nie in Pankow, befand sich in dem Backsteingebäude ein Internat, in dem seit 1896 jüdische Waisenkinder Berufe erlernten; ein Lehrlingsheim, bis zur Deportation seiner Insassen.

1816 kommt Weber mit Caroline Brandt nach Berlin. Er kauft ihr einen Hut, verlobt sich mit ihr und besucht etliche Male die Jordans, aber wohl in der Stadtwohnung. Es ist Winter. Gemeinsam feiern sie Silvester. Im Mai 1821 ist Weber in Berlin, um die Uraufführung seines »Freischütz« vorzubereiten. »3. Juni. Sonntag. Gearbeitet. Nach Pankow zu Jordans gefahren. Abends gearbeitet bis 1 Uhr.« Zwei Wochen später die Uraufführung. Danach kauft er seiner Lina »12 Stück Perlen bei Jordans«. Sie kosten »12 Taler«. Ein Preis unter Freunden?

Wo aber in Pankow war Weber? Wo wohnten die Hofjuweliere im Sommer? Zwei Landkarten, von 1812 und 1818, geben genau Auskunft. Zwar finden sich am Dorfanger gleich vier Grundbesitzer namens Jordan, und es läßt sich vielleicht erforschen, wer mit wem und ob verwandt ist: der Obrist, der Kaufmann und der Stadtrat; einer von ihnen könnte und müßte Pierre Jean sein. Kein Zweifel aber besteht über das Gartengrundstück des Hofjuweliers Jordan Friedel.

Kommt man aus dem Zentrum und wird am Ende von Pankows Berliner Straße angehalten vom Ampel-Rot neben der Adler-Apotheke – auch hier sind wir musikalisch: »Hoch auf dem gelben Wagen« stammt vom Apotheker. Und nun rechts um die Ecke.

Jordan empfing seinen Gast Weber in der Breiten Straße 43 a. Bis heute unverändert bezeichnet diese Hausnummer ein großes Grundstück mit einer vor dem ersten Weltkrieg erbauten Villa. In der befand sich seinerzeit Pankows Kreiskulturhaus. Also sitzt Eveline Bartlitz an Ort und Stelle, als sie mich fragt: »Wo war Weber in Pankow?«

(1980/1998)

Leises vom Flüsterbogen

An zwei März-Wochenenden war der Schloßpark in Berlin-Niederschönhausen zugänglich. Seit 42 Jahren blieb er für die Öffentlichkeit gesperrt; vom Schloß noch gar nicht zu reden. Es bleibt vermutlich Gästehaus für Staatsbesucher, zuletzt bewohnt vom Ehepaar Gorbatschow in jenem ereignisreichen Oktober 1989. Wer demnächst einzieht? Man wird es erfahren.

Rückwärts erzählt: 1949 wurde die Anlage Amtssitz des ersten Präsidenten der DDR, Wilhelm Pieck. Daher der Ausdruck: »Pankower Regierung« – Adenauer sagte immer »Pankoff« –, der diesem Nordberliner Bezirk anhaftete. Die nähere Umgebung des Schlosses war eine Tabu-Zone und unter dem verniedlichten Namen »Städtchen« bekannt. Als dessen Bewohner nach Wandlitz umzogen, blieb nur der von Wirtschaftsgebäuden vor Blicken geschützte Schloßbezirk unzugänglich. Der Park war längst durch eine hohe Mauer abgetrennt.

1949 gingen Kinder sowjetischer Militärs im Schloß zur Schule. Während des Krieges hatte es aus den Fenstern geklungen: »Mit Musik geht alles besser ...«, der Film »Sophienlund« wurde gedreht, Regie: Heinz Rühmann. Die Straßenbahn fuhr am Schloß vorbei, in dem es ein Café gab; heute vorstellbar neben der angebauten Pergola, in deren Mitte eine Platane zwei Jahrhunderte überstanden hat.

Kaum bekannt ist, daß im Mai 1706 der König Friedrich I. im Schloß Station machte, ehe er feierlich in Berlin einzog. Ansonsten ist das schönste Gebäude Niederschönhausens bekannt durch Elisabeth-Christine, die ungeliebte Gemahlin des Reiters Unter den Linden. Er mochte die ihm Aufgezwungene nicht, nannte sie eine »Närrin ..., die mich durch ihre Albernheiten ärgert, und die ich mich schämen muß, andere Leute sehen zu lassen.« An den grimmigen Vater heißt es gehorsam: »Sie mag sein, wie sie will, so werde ich jederzeit meines allergnädigsten Vaters Befehle nachleben ...«. Nach der Heirat an seine Schwester: »Ich bin wütend, ein Ehemann werden zu müssen, und mache nur aus der Not eine Tugend. Mein Wort halte ich: ich heirate. Aber nachher, ist die Hochzeit vorbei: guten Morgen, gnädige Frau, glückliche Reise!«

Sein Vater schenkte Schloß Schönhausen zur Hochzeit. Friedrich hat es ein einziges Mal besucht: Zur Verlobung seiner Schwester. Es wurde zum lebenslangen Verbannungssitz der Königin, die 1764 das Schloß, das sie im Sommerhalbjahr bewohnte, zu seiner heutigen Form umbauen ließ. Nie war sie in Potsdam. Sie hat weder Sanssouci kennengelernt noch das Neue Palais. An ihrem Geburtstag (8. November) besuchte ihr Gemahl sie im Berliner Stadtschloß oder in Charlottenburg für eine halbe Stunde; er trug an diesem Tage keine Stiefel, sondern schwarzseidene Strümpfe, »die nicht von Hosenbändern festgehalten wurden und deshalb gewöhnlich auf seinen Waden ein paar lange Falten warfen«, erzählt nicht ohne Bosheit Dieudonné Thiébault, der zwanzig Jahre in der Umgebung des Königs lebte.

Elisabeth-Christines Schloß war amtlich der preußische Hof. Sie empfing dort auswärtige Gäste, Minister und Gesandte. Sie feierte sparsame Feste und lebte als bevorzugtes Kind ihrer Zeit: ließ Maulbeerplantagen anlegen, siedelte Leineweber an und gründete eine der ersten deutschen Taubstummenschulen; war auch jungen Ehepaaren mit Geschenken zur Heirat behilflich, ließ andererseits die Untertanen wacker zuarbeiten – ist das nicht immer so? Zeitlebens Witwe starb sie elf Jahre nach ihrem Ehemann.

Aber wir wollen doch in den Park und zum Flüsterbogen.

Ein Flüsterbogen, etwas einfacher zu beschreiben als eine Wendeltreppe, ist im Grunde nur vorzuführen, wenn man zu zweit ist. Zum Beispiel in Görlitz, am Untermarkt das Haus Nr. 22 mit dem spätgotischen Portal. Seine Hohlkehlen übertragen das, was man flüstert: Deutlich hörbar auf der gegenüberliegenden Seite. Solche Anlage ergab sich zuweilen aus purem Zufall, andere wurden mit Absicht angelegt, wobei immer bestaunt werden darf, wie die Baumeister das ohne moderne Hilfsmittel erreichten. Beide Seiten sind so weit voneinander entfernt, daß man eigentlich nichts verstehen kann, und doch hört man deutlich. Das ist der Witz an der Sache, die eher von Verliebten genutzt werden kann, als zu diplomatischen Zwecken. Wände haben Ohren, auch im Park.

Flüstergewölbe gibt es in der Kuppel der St. Pauls-Kathedrale in London; die Vorhalle der Residenz in Würzburg ist ebenso mithörig wie der Echosaal im Ratskeller zu Bremen; der Louvre hat seinen Karyatidensaal – und bei uns in Pankow gibt es den Bogen. Es soll ihn geben ...

Denkmalpflegerin Renate Sachse, die seinerzeit in Pankow rettete, was sie retten konnte, war 1981 besorgt. Jemand hatte ihr nicht etwas zugeflüstert, sondern erklärt, der Bogen im Schloßpark störe die Sicherheit. Nicht wegen des abzuhörenden Wortes, dafür gab es die Ibrahime, Czernys und andere allüberall, nein, das Bauwerk störte durch sich. Es behinderte den Postenweg. Daher sollte es als Bestandteil der Schloßparkmauer abgerissen werden und begradigt.

Zufällig war ich dabei, als Frau Sachse das erzählte. Nur in den Flüstergrotten des Schloßparks in Oliva bei Danzig gäbe es Vergleichbares. Da müßte solche Kostbarkeit doch eher vom Wachregiment beschützet werden ...

Gegen den Postenweg hilft nur der Dienstweg. Ich bat die damals einflußreiche Hedda Zinner, so hoch oben wie möglich zu intervenieren. Das tat sie sofort. (1981 war Konrad Naumann der große Kurfürst von Berlin.) Was daraus wurde, konnten wir nie nachprüfen. Es durfte ja niemand in den Park. Das Schloß blieb sogar der Denkmalpflegerin versperrt. Während die Zeitungen vom »gepflegten Kulturerbe« schrieben, verlangte die »Versorgungseinrichtung des Ministerrats der DDR« die Begradigung der nördlichen Umfassungsmauer des Schloßparks und setzte es durch. Da aber protestierte die energische Renate Sachse und drohte mit Amtsniederlegung. Der Chefkonservator zog mit Datum vom 29. Oktober 1981 seine Genehmigung zurück – hielt man sich daran? Nachsehen durfte niemand.

Das ist der Hintergrund meines zehnjährigen Lauerns auf den Flüsterbogen. Gibt es ihn tatsächlich?

In seinem Anekdoten-»Präsentkorb« erzählte Gerhard Desczyk 1982: »Kundige zeigten dem Neuling, daß der von großen Platanen umstandene Platz hinter dem Schloß, wenn man den gehörigen Abstand von der breiten Gartenfront wählte, ein schönes Echo verbarg, das jeden Zuruf verstärkt wiedergab.« Also müssen wir vielleicht mit dem Gegenteil eines Flüsterns rechnen? Desczyk weiß von einer Vereidigung von Volkssturmmännern in den Apriltagen 1945. Dort im Park. Pankows Kreisleiter verkündete Siegeszuversicht: »Der Führer hat noch Waffen besonderer Art ... dann werden wir sehen, wie die feindlichen Flugzeuge zu Hunderten abstürzen.« In diesem Moment lachte jemand. »Und das berühmte Echo, zuverlässig wie immer, warf das Lachen verstärkt zurück. Der Widerhall wirkte ansteckend; jetzt lachte schon jeder zweite Mann. Das abermals verstärkte Echo des Massengelächters schlug über dem unglücklichen Kreisleiter wie ein Donnerwetter zusammen ...«

Auf einem nicht öffentlichen Plan von 1985 ist der Flüsterbogen vorhanden ... Der Eingang in den Park ist jetzt für Besucher nur durch den, wer sagt's denn, Westeingang möglich. Vor uns die Rückseite des Schlosses mit einer holländischen Holztreppe hinter den Fenstern. Zur Vorderfront führte eine Allee, ihr Eingang jedoch ist Mauer, ihr Verlauf nur auf alten Landkarten eingezeichnet.

Sechs bewundernswerte, jahrhundertealte Platanen und etliche andere überlebende Bäume. In Richtung Ossietzkyplatz ist eine hohe Eiche sichtbar, außerhalb, in einem nicht zugänglichen Wirtschaftsgelände. Ansonsten fällt auf, daß es bedeutungslose Plastiken gibt, dem Geschmack der vormaligen Benutzer entsprechend, aber keine Denkmäler, weder Friedrich, noch Lenin.

Zur Nordwand. Dort ist tatsächlich die Einbuchtung mit ihrer Vertiefung vorhanden. Als Schandfleck. Eckig gemauert, verputzt, aber so schlecht, daß die roten Ziegel hervorkommen. Davor Gestrüpp, alles ungepflegt. Nur die hohe Kastanie steht, von der in alten Beschreibungen zu lesen ist. Flüstern? Hier nicht mehr. Echo? Woher, wohin? Aber der Postenweg ist noch da, und jenseits der Mauer der andere, dem an dieser Stelle die rechte Feindsicht fehlte.

Zur Eröffnung am 23. März 1991 war die Karnevalsgarde der Langen Kerls aus Potsdam gemietet worden und erinnerte auch an ihren hohen Herrn Friedrich Wilhelm I., der auf der Straße vor ihm flüchtende Berliner mit Stockprügel verfolgte und dabei rief: »Lieben sollt ihr mich!« Daraus wurde, wir erinnern uns genau: »Ich liebe euch doch alle!« Nun dürfen wir auf die nächste Variante gespannt bleiben.

(1991)

Wenn wir uns entscheiden

Einmal, als wir acht Jahre alt waren – oder sieben? –, haben sie mit uns in der Schule einen sogenannten Test gemacht. Das war etwas ganz Neues und stammte gewiß aus Amerika.

Aufgabe: In einer Küche will jemand Wasser kochen und setzt einen Topf mit Wasser auf den Herd. Plötzlich fängt die Gardine Feuer. Unten im Haus ist die Feuerwache. Was tun?

a) Die Gardine herunterreißen, b) Das Wasser auf das Feuer schütten, c) Die Feuerwehr alarmieren.

Erstaunlich viele künftige brave Staatsbürger entschieden sich dafür, die Feuerwehr zu alarmieren. Schließlich ist sie zuständig!

Nur ein paar rissen die Gardine herunter. Für mich war das unvorstellbar. Schon das Wegziehen am Fenster machte die Großmutter nervös: »Langsam! Reiß nicht so!«

Also war ich dafür, den Wassertopf gegen die brennende Gardine zu entleeren. Schon in jungen Jahren als Skeptiker mich entlarvend, alarmierte ich anschließend die Feuerwehr. Und bekam dafür später vom Lehrer die Beurteilung, zum Mittelfeld zu gehören.

Heutzutage, wenn draußen die Feuerwehr tutet und ich keinen Topf mit Wasser auf dem Gasherd weiß, bekomme ich unruhige Finger und gehe auf die Gardine zu.

(1991)

Der alte Schulweg

Nicht für das Leben, für die Schule lernen wir.
Nicht für die Schule, für das Leben lernen wir.
So, wie die Dinge liegen, seit uralten Zeiten,
lernen wir überhaupt nichts.

Ich wage ihn. Niemand erkennt mich als denjenigen, der Arglosen Schneebälle vor die Füße und manchmal ins Genick setzte vom Balkon im vierten Stock, dort am Landwehrkanal.

An der Ecke ein China-Restaurant. Da war ich schon. Ein paar Schritte weiter gab es eine Drogerie, in der mein Vater, als ihn vor Pfingsten die Streichwut überkam, eine offene Dose weißer Farbe kaufte, und der Drogist sagte: »Aber gießen Sie sie sich nicht übern Balg.«

Vor der nächsten Ecke wohnte Schulkamerad Günther, der so stolz war auf das Lebensmittelgeschäft seiner Eltern und als einziger sich triumphierend melden konnte, als der Lehrer fragte: »Wessen Eltern haben keine Bücher?«

Die Straße bis zum Ende. Dort kam ein Dritter dazu, Wolfgang, neulich sind wir uns begegnet. Oft trat ein wohl jungverheiratetes Paar aus dem Haus. Was mag aus ihm geworden sein?

Am Morgen des 10. November 1938 waren die Schaufenster dunkle Höhlen und die Glassplitter sorgfältig zusammengekehrt. Wir Zwölfjährigen haben uns kaum etwas dabei gedacht. Es war eben alles so, wie es war.

Drüben auf der anderen Straßenseite die Friedhöfe. (Da will ich mal hin!) Damals kümmerten sie uns nicht. Kein Lehrer führte uns zu Glaßbrenner oder E.T.A. Hoffmann, von Rahel Varnhagen ganz zu schweigen.

Veränderte Läden. Es sieht anders aus, fünfzig Jahre später …

Aber das Papiergeschäft lebt noch. Mit altem Namen. Bleibt die Zeit stehen? Ich werde ein Vokabelheft kaufen. Auch beim geringsten Einkauf wird der Kassenzettel handgeschrieben mit Durchschrift.

An der nächsten Ecke haben wir uns auf dem Nachhauseweg – aus welchem Grunde bloß? – geprügelt, Hans-Herrmann und ich, und die Leute blieben stehen. Als einziger der überlebenden

Schulkameraden hat er dem »im Osten« Schreibenden die Freundschaft über die Mauer hin bewahrt.

Da teilt mein altes Gymnasium mit, daß es Jubiläum feiert und 120 Jahre überlebt hat. Wechselnde Adressen, aber wechselnde Namen auch! Was für ein lebensnaher Geschichtsunterricht sich allein damit veranstalten ließe. Heute heißt das Gymnasium ganz unverfänglich und beständig nach Leibniz. Der hat, falls ich früher recht aufgepaßt habe, den berühmten Keks erfunden.

Unser Gymnasium zeichnet sich vor allem dadurch aus, daß es seine schlechten Schüler nicht lange gequält, sondern uns beizeiten hinausgeschickt hat ins praktische Leben. Dort konnten wir uns selber um unser weiteres Fortkommen kümmern, wie zum Beispiel Wolfgang Kieling, aus dem ein namhafter Schauspieler wurde, seitdem er statt Lehrsätzen nur Sätze zu lernen hatte.

Der Berühmteste von uns, die kein Abitur machten, ist der vielseitige Erfinder Professor Doktor h.c. multi Baron Manfred von Ardenne, der wegen vordringlich physikalischer Experimente als Schüler selbstverständlich keine Zeit für Fächer verwendete, mit denen er sowieso im Leben nichts anfangen würde.

Lange Jahre fühlte ich mich davongekommen, auch was die alte Schule betraf. Nun wären es bloß vier Querstraßen bis zur Schule – wenn nicht die Beklemmung käme. Aber: ich muß ja nicht mehr dorthin. Ich habe schulfrei und gehe lieber zum Buchverlag gegenüber. Dort wissen sie nichts von meinem Abgangszeugnis, das als verbrannt galt.

Unlängst jedoch griff die Schule wieder nach mir und schenkte freudig die Kopie aus dem Safe des kriegszerstörten Gebäudes.

Also: In keinem Fache »Gut«. Nur in Geschichte und Geographie »Befriedigend«. Sonst schlechter. Das heißt im Fache Deutsch: »Ausreichend«. Das ist wohl das Höchste für einen Schriftsteller.

(1992, 1994)

Im Lustgarten. Mit mir

Heute bin ich hergekommen, um mir das Schloß vorzustellen. Die es abzureißen befahlen, sind lange tot. Können sich nicht rechtfertigen. Mir aber auch den Mund nicht verbieten. Dennoch kann ich das Schloß nicht herbeireden. Auferstehung findet meist auf Papier statt. Es bleibt geduldig, solange ich mir nicht alles gefallen lasse.

Was hat mich das Schloß je gekümmert? Als Junge nahm ich es kaum wahr, habe es nie besucht; auch der Abriß der wiederaufbaufähigen Ruine ist an mir spurlos vorübergegangen. Jetzt lese ich von Gutachten, vom Umgang mit Denkmälern preußischer Geschichte in unserer Frühzeit. Der Abriß hat 180 Tage gedauert, der Luftangriff Minuten, der Bau Jahrhunderte.

Man könnte einen Zitatenkampf führen. Die alten Zeitungen existieren ja noch. Die Eingaben, Denkschriften, Reden sind nachzulesen.

Ein Zitat wollen wir mitnehmen aus der Denkschrift von Richard Hamann (1879-1961), Nationalpreisträger 1949 und Akademiemitglied, an den Berliner Oberbürgermeister Friedrich Ebert am 8. September 1950: »Mögen auch noch so viele Beschlüsse vorliegen, ehe nicht die Sprengladungen ihr unheilvolles Werk getan haben, ist es nicht zu spät, daß Menschen diesen Beschluß zurücknehmen, den Menschen gefaßt haben.« Gegen den gesunden Menschenverstand helfen weder Sprengladungen noch Beschlüsse.

Es hat, wenn ich mich recht entsinne, keine Volksbefragung gegeben. Unbeteiligt hätte ich womöglich und wohl gar wahrscheinlich damals für den Abriß gestimmt. Ich will mich nachträglich nicht heraushalten, bin aber ein wenig klüger geworden.

Zwar haben wir alle Monate mehrmals demonstriert. Mal Für, mal Gegen. Die NATO blieb. Die EINHEIT blieb aus; wollte die eine der beteiligten und benachbarten Regierungen? Man muß nur scharf hinsehen. Eines Tages dachtest du nach und sagtest dir, es wäre vielleicht gescheiter, wir Demonstranten würden unsere dadurch versäumte Arbeitszeit mit Arbeit füllen. Das wurde dann auch von den Vorgesetzten bemerkt.

Sitze ich wegen solcher Erinnerungen im Lustgarten auf der Bank?

Bin vorbeigegangen an dem jungen Mädchen, das ein dickes Paket Noten hält, Notenblätter, und singt. Aber ziemlich leise. Nicht hören. Nicht stören.

Muß sie in der Hochschule vorsingen? Oder gar in der Staatsoper drüben? Drüben ist heute ein unanständig mißdeutbares Wort. Gemeint ist: dort drüben auf der anderen Seite der Linden.

Einmal am Winterabend, es war in den siebziger Jahren, ich kam aus dem Alten Museum, wo es eine Chagall-Ausstellung anzusehen gab, es war wohl die erste in Diesemland, blieb ein Ehepaar vor mir stehen. Ein Offizier in der Uniform der Sowjetarmee mit seiner Frau und fragte, zum Dom deutend: »Ist das der Reichstag?«

Er ist es nicht, wie wir wissen, und zum Reichstagsgebäude konnte man dem interessierten Paar nur die Richtung weisen, damit es betrachten könnte, ohne näherzutreten.

So seltsam oder gar lächerlich war seine Frage nicht. Wenn man beide Kolosse betrachtet, im Dunkeln …

Den Dom mit dem Reichstag verwechseln …

Der Reichstag, dieses legendäre Haus, das wohl nur einmal Weltaufmerksamkeit erlangte. Als es ausbrannte. Noch heute streiten sich die Historiker, wer ihn angezündet hat.

Ich halte auch den Sturm auf den Reichstag als anschauliches Kriegsende im Mai 1945 für eine tragische Verwechslung. Sie hat zu viele Menschenleben gekostet, sowjetische. Was war schon der Reichstag? Seit jenem Feuer im Februar 1933 eine ausgebrannte Ruine, unbenutzt. Nie ein tonangebendes Haus. Weder das Ermächtigungsgesetz, das Hitler mächtiger machte, noch der Krieg wurde hier ausgerufen und bejubelt. Wozu der blutige Ansturm? Für die endgültige rote Fahne des Sieges bot sich eher das Brandenburger Tor an. Hitler aber, den beizeiten zu erobern ein Regiment Fallschirm-Ranger sich freiwillig gefunden hätte, bestimmt, er hockte unter der wegen ihres Namens von Ausländern leicht mit dem Reichstag zu verwechselnden Reichskanzlei.

Wenn ich von meiner Bank so schaue, verschwindet der Palast der Republik ebenso wie das Schloß. Dann steht dort nur die Tribüne für die großen Aufmärsche, von denen ich mich an zwei erinnere.

Eifrige können ja in alten Zeitungen, so man sie ihnen ohne wissenschaftlichen Erlaubnisschein ausleiht in der Bibliothek, nachblättern, wann das war. Als Nikita Chruschtschow (1894-1971) nach Berlin gekommen war und im Lustgarten, nein, auf dem überfüllten Marx-Engels-Platz zu den Berlinern sprach. Ich mochte ihn. Weil er meinem Großvater Heinrich Knobloch (1872-1933) ähnlich sah, von ferne. Und vor allem, weil er wie ein Mensch reden konnte und auch so sprach. Mögen die Nachfolger ihn bis vor kurzem weggelassen haben, was daran zu merken sein wird, daß jüngere Leser dieser Zeilen mit seinem Namen nichts anzufangen wissen – ich werde diesem Nikita Chruschtschow Respekt erweisen. Auch deshalb, weil man mich 1979 in Moskau nicht zu seinem Grab ließ; der ganze Nowodewitschje-Friedhof mit Tschechow, Majakowski undsoweiter blieb verboten.

Also, jener Tag auf dem Marx-Engels-Platz. Wir alle hingeführt. Chruschtschow in seiner Rede, von der ich alles vergessen habe, bis auf dies eine: Er zeigt auf Anastas Mikojan, der neben ihm steht und sagt, sinngemäß, aber für mich wortwörtlich mein Leben lang: »Hier, Anastas Mikojan, er hat im Krieg einen Sohn verloren. Ich habe einen Sohn verloren. Wie viele von Ihnen haben einen Vater oder Sohn verloren? Ist es nicht Zeit, in der Welt Frieden zu machen?!«

Einfachen Menschen, wirklich einfachen Menschen, kommen bei solchen Worten die Tränen. Auch wenn sie es bloß lesen.

Die andere Erinnerung, das muß 1955 gewesen sein. Zum zehnten Jahrestag der Befreiung Berlins.

Wir standen vor der Tribüne auf dem Marx-Engels-Platz. Ein Frühlingstag. Wie gesagt, es muß im Mai gewesen sein. Marschall Shukow sprach. Er hatte 1945 die Sieger befehligt.

Von seiner Rede blieb ein Satz haften in der Erinnerung. (Es ist ja wirklich merkwürdig, woran sich jemand erinnert. Fragt doch mal die Leute. Was wurde Ihnen zur Jugendweihe gesagt? Gibt es einen Satz aus der Rede, den Sie wiederholen können? Fragt

Konfirmanden: wie lautet dein Spruch? Wobei sich der Gedanke aufdrängt, weshalb Jugendgeweihte nicht einen individuellen, einen ureigenen Satz, und sei er von Rosa Luxemburg, mit auf den Lebensweg bekommen könnten.)

Also, Marschall Shukow sagte in seiner selbstverständlich in russischer Sprache gehaltenen Festrede etwas, das sein Dolmetscher in folgende Worte brachte: »Die Deutsche Demokratische Republik hat unter den anderen Nationen wieder einen recht mäßigen Platz eingenommen.«

Wir jauchzten über die Formulierung. Was konnte der arme, fremdsprachige Übersetzer dafür. Die Zeitung druckte es korrekt anderntags. Aber gesagt ist gesagt. Ein unfreiwilliger Witz.

Und weil wir gerade bei den Erinnerungen sind ... 1949, zum 70. Geburtstag des Allmächtigen, des auf allen Zeitungsseiten zum Gott und Übergott erhobenen Stalin – wer's nicht glaubt zahlt einen Taler und blättert im Lesesaal in den Blättern vom 21. Dezember 1949 –, es möge aber niemand über die damals verantwortlichen Politiker und Chefredakteure spotten!

Einblendung: Als Napoleon seinen Verbannungsort Elba verlassen hatte, landete er am 1. März 1815 an der französischen Küste. Am 20. März zog er in Paris ein. In diesem Zeitraum lauteten die Schlagzeilen der Pariser Zeitungen:

»Das Ungeheuer ist entwischt, kann aber unseren Truppen nicht entgehen«

»Der Tyrann ist in Lyon«

»Bonaparte nähert sich mit raschen Schritten«

»Napoleon wird morgen in Paris sein«

»Gestern Abend hielten Seine Majestät der Kaiser Einzug in die Tuilerien – Alles ist voll unbeschreiblichen Jubels«

Es war selbstverständlich, daß jedes, aber auch jedes Presseorgan auf der Titelseite ein großes, wenn nicht ganzseitiges Foto des Generalissimus und »weisen Führers« Stalin zu bringen hatte. Unvorstellbar, daß jemand diese Weisung nicht befolgte. Bis auf einen. Es war der Chefredakteur der bis heute vielgelesenen Zeitschrift »Der Hund«.

Es gibt ein Lustgarten-Foto von der Rückkehr der Spanienkämpfer. Damit waren seinerzeit – 1939 – die deutschen Interventen gemeint, die als »Legion Condor« nachträglich dem Volk und der Schuljugend enttarnt wurden.

Wir Kinder standen irgendwo nahe am Brandenburger Tor und schrien und winkten wie – ja, heute sehe ich die pompösen Einzugspforten von 1871 abgebildet in alten Illustrierten. Es ist wohl immer so.

Das Foto vom Lustgarten. Auf den Stufen zum Alten Museum stehen Schildträger. Jedem Gefallenen das Seine. Spektakuläre Ehrung. Auf ovalen Schildern Vor- und Zuname. Keiner ist vergessen, niemand wird weggelassen. Es gibt keinen Unbekannten, es gibt nur namentlich bekannte Helden. Wie das einstimmt auf den nächsten, auf den eigentlich erst richtigen Krieg …

Zu den Veränderungen, zu den ersehnten, auch bisher vermeidbaren und vermiedenen, gehört nun der Neandertaler. Das heißt, sein Gesicht. Man erinnert sich gern an diesen ersten Europäer – würden Sie ihm eine Kreditkarte ausstellen? –, dessen Reste im Neandertal bei Düsseldorf entdeckt wurden. Das ist lange her.

Nun aber ist der Neandertaler, wie zu befürchten war, nicht nur der erste Deutsche.

Mitarbeiter des Naturhistorischen Museums in Wien haben Röntgenstudien am Schädel veranstaltet und herausgefunden, daß er vor 300.000 Jahren nicht so ausgesehen haben kann wie bisher vorgeführt: affenartig, mit stark fliehender Stirn und vorgezogenem Kinn. Man hat in Wien die bisher wenig beachteten Höhlen dieses Höhlenbewohners untersucht. Seine Stirn-, Augen-, Nasen- und Oberkieferhöhlen. Sie nämlich sind es, die die Architektur des Kopfes bestimmen, und damit das Aussehen des Gesichts. Eine Zeitung stellte fest: »Als Spaziergänger in der Wiener Kärntnerstraße würde der Neandertaler in moderner Kleidung wahrscheinlich heute niemandem auffallen.«

In der Kärntnerstraße? Ich sah mich früh, kurz vor neun Uhr, dort im Ungewissen: waren jene eleganten Damen, die sich mit diskreten Brüsten vorbeugend um die Schaufensterauslagen mit Juwelen kümmern, tatsächlich die Verkäuferinnen? Saß er im Café? Spielte er Geige am Straßenrand? Kam er aus dem Stephansdom?

Wird der Neandertaler wie Sokrates sagen: Wievieles gibt es, das ich nicht nötig habe? Oder seufzt er: Wievieles, das ich nötig hätte, gibt es nicht! – In welcher Stadt könnte das sein?

Nun kommt er über den Lustgarten. Allein. Wie das? Ausgestoßen oder entsandt? Aber hier gibt es keine Läden. Die Horde, in der er ohne Manieren aufwuchs, hat sich verteilt. Er ist kein Auswärtiger, sonst würde er »Entschuldigung« sagen beim unfreiwilligen Anrempeln. Er sagt nichts. Er ist einer von uns! Wir sind wieder bei ihm angekommen. Oft fährt er Auto. Er weiß, er wird gebraucht.

In den Vormittag schauen.

Aus Vorbeigängern löst sich ein Junge, zehn oder elf, und fragt mich mit Nicht-Berliner Unterton, ob es hier zum Pergamon-Museum geht. Jawohl, zum Pergamon-Museum. Und zeigt in die richtige Richtung.

Ja. Ja.

Und es war so viel Begeisterung in seiner Stimme. Und solch ein Leuchten in seinem Gesicht.

Seine Mutter blickte her. Und eine größere Schwester schien dabei. Und gingen beide wohl nur seinetwegen mit. Was ihnen angerechnet werden soll, daß sie ihn als den Kleinsten nicht abfertigen, sondern seinem ehrlichen Drängen nachgaben. Denn seinetwegen doch hat Schliemann vieles ausgegraben, Wilhelm v. Bode manches erworben, James Simon etliches geschenkt, Justi es geordnet und gepflegt.

Selten wohl gehen Geldgeber, oder wie das heute heißen mag, Finanzplaner, auch im Lustgarten auf die Bank. Daher sehen sie nie dieses ungezähmte Leuchten in den Augen eines Jungen von außerhalb. Das nämlich ist die ausgeglichene Bilanz sämtlicher Museumskosten. Und die sind, verglichen mit anderen Geldausgaben, recht mäßig.

(1988)

Bröckchen aus der Brunnenstrasse

Die Brunnenstraße beginnt, wie sich das gehört, mit der Hausnummer 1. Direkt am Rosenthaler Platz, in den noch vier andere Straßen münden. Zu erwähnen sind die Heinrich-Heine-Buchhandlung und das längst nicht mehr vorhandene Stadttor, das einzige, durch das vor über zweihundert Jahren Juden ein- und ausreisen durften. Die Brunnenstraße begann also einst außerhalb der Stadt.

Sie führt geradeaus nach Norden. Erst kaum merklich bergan, dann mit stärkerer Steigung. Brunnenstraße heißt sie nach einer Quelle, die 1701 noch weiter nördlich entdeckt worden war, etwa eine Stunde Fußweg von hier. Eisenhaltiges Wasser, dem der Name »Gesundbrunnen« zusätzliche Wirkung verlieh. Endlich hatte auch Berlin ein Heilbad. Davon ist die Badstraße übriggeblieben, die Fortsetzung der Brunnenstraße. Seinerzeit, um 1760, nutzte der Hofapotheker Behm die Gunst der Stunde und des Königs Friedrich; er durfte eine Anstalt für Bade- und Trinkkuren errichten, bekam sogar Zuschüsse und mußte dafür jährlich sechs Soldaten kostenlos auffrischen. Wen wundert das in Preußen? Bald hieß es »Friedrichs-Gesundbrunnen«, umgetauft 1801 in »Luisenbad«, weil die schöne Königin hier oft auf- und eintauchte. Später kaufte die Stadt den Brunnen. Das war sein Ende, weil die Verwaltung zu wenig gegen die Abwässer nahegelegener Gerbereien tat. Außerdem beschädigte die vor hundert Jahren angelegte Kanalisation die Urquelle. Der Gesundbrunnen war erledigt. Sein Name blieb und hat sich als Station der Stadt- und der Untergrundbahn erhalten.

Stadtgeräusche, Staub und Abgase. Mehrere Möbelgeschäfte. Früher müssen es mehr gewesen sein. Die Straßenbahn donnert vorbei, dazu Lastkraftwagen. Der 78er Autobus hält vor der nächsten Ecke. Als ob sie alle durch die Brunnenstraße fahren müssen. Sie bietet sich an.

Ich hatte nie eine Beziehung zu dieser Gegend. Kam aber zwangsläufig vor vierzig Jahren hier entlang auf der Suche nach der »Diamant«-Wäscherei. Die wusch keine Edelsteine, sondern Bezüge und Laken. Irgendwo im ersten oder zweiten Hinterhof. Solche alten Berliner Straßen bergen in Gewerbehöfen kleine und mittlere Betriebe, zuweilen mehrere in einer Etage. Besonderheit einer Industriestadt. In dieser Gegend, die nie vornehm war, wohnten Handwerker im weitesten Sinne, Maschinenbauer, Zuwanderer; die vielen sogenannten kleinen Leute, die Arbeiter der großen Fabriken.

Sollte ich über diese Wäscherei schreiben. Mein erster richtiger Anfänger-Auftrag. Das Besondere an ihr war, daß sie 1948 zu den ersten volkseigen gewordenen Betrieben gehörte im Sowjetischen Sektor der Stadt, deren Zweiteilung damals mehr und mehr Form annahm.

Mein erster Artikel erschien in der Sonntags-Ausgabe: »Bei uns wird mit Liebe gewaschen«. Schöne Überschrift. Nicht von mir. Der Wäscherei-Chef hatte es behauptet.

Irgendwo dort drüben auf der anderen Straßenseite, wo die Brunnenstraße mit der Hausnummer 198 wieder am Rosenthaler Platz ankommt, ist das gewesen. Mein Anfang. Und daher hänge ich ein bißchen an dieser Brunnenstraße, aber das weiß kaum jemand.

Was gibt es zu sehen? Nicht viel. Eine Menge. Die Café-Konditorei »Zentra« mit gerühmtem Kuchen. Die »Phillip-Schaeffer-Bibliothek« – benannt nach einem Antifaschisten, der zur Widerstandsgruppe Schulze-Boysen-Harnack gehörte und hingerichtet wurde. Er hatte einst in einer Volksbücherei gearbeitet, in diesem Haus in der Brunnenstraße. Dr. Schaeffer fand während der Weltwirtschaftskrise keine Beschäftigung in seinem Beruf als promovierter Sinologe; er kam als »geistiger Notstandsarbeiter«, wie es genannt wurde, in der Bücherei unter, die heute seinen Namen trägt und sein Andenken pflegt.

Alte Stadtpläne vermerken auf unserer Seite das »Norddeutsche Theater«. Sein Direktor ist unbekannt. Aber es hat wenigstens von 1869 bis 1872 gespielt.

An der Ecke eine Grünanlage mit einem Wasserbecken, ein Park, bergansteigend. Was man so Berg nennen kann in Berlin. Aber diese Hügel beweisen, daß hier die nördliche Grenze des Urstromtales liegt und die rund achthundertjährige Siedlung begünstigt hat. Auch wenn es schwer fällt, uns zwischen Häuserfronten Sandhügel vorzustellen mit ein paar Windmühlen, so aber war es, und Namen wie »Weinbergsweg« erinnern redend an früher. Nicht zu vergessen die Veteranenstraße, die wir überqueren müssen, die Invalidenstraße zur Linken. Mit Straßennamen erzählt die deutsche Geschichte gern von sich. Dem Wiener Spaziergänger Daniel Spitzer, als er vor hundert Jahren Berlin beschritt, fielen die vielen militärischen Straßennamen auf: Grenadier-, Dragoner-, Artilleriestraße undsoweiter. Sie sind seit dem Zweiten Weltkrieg umbenannt. Die Seitenstraßen der Brunnenstraße heißen harmlos geographisch-logisch nach nördlichen Orten: Rheinsberg, Schönholz, Bernau, Stralsund, Usedom und Insel Rügen.

Im Volkspark Weinbergsweg planschen Kinder, reden Mütter oder lesen, alte Männer spielen Schach; und dort, wo sich die Rücken zusammendrängen, sind Karten im Spiel.

In diesem Park hat Heinrich Heine eines der schönsten Denkmale, das einer bekommen kann. Er ist menschlich erreichbar. Die Kinder können ihn besteigen. Das tun sie, setzen sich auf seinen Schoß und haben ihm längst die Knie blankgewetzt. Eines der wenigen Berliner Denkmale, das man immer wieder ansehen mag. Bei einem Jubiläum schoben zwei meiner Freunde, Schriftsteller, statt offizielle Gebinde niederzulegen wie die Würdenträger, unserem Heine den Blumenstrauß in die ausgestreckte Hand und banden ihn mit einem weißen Schleier fest, der ihm Tage später wärmend um den Hals flatterte, denn es ist ja Dezember, wenn Heine Geburtstag hat.

Heine blickt auf ein hohes Gebäude aus der Zeit vor 1914. Den Zweiten Weltkrieg überstand es, wie das neue Dach zeigt, ziemlich gut. Hier hat das Modeinstitut der DDR seinen Sitz und ein paar Schaufenster, verkauft aber nichts. Das Haus hingegen war um die Jahrhundertwende eines der ersten Kaufhäuser der Stadt, »Union« mit Namen, und mit vier anderen – von denen keines mehr so als Gebäude besteht – gegründet von Adolf Jandorf, der die Idee zu bequem angebotener Warenvielfalt als junger Mensch von einer Amerikareise mitgebracht hatte. An der Fassade ein Wappenschild aus seinen Tagen. Sandstein, zwei Bienen zeigend, damit Fleiß und Honig andeutend, angeborene Betriebsamkeit und angefüttertes, anerzogenes Staatsbewußtsein. Es geht auch ohne Raubtier im Wappen.

An dieser großen Kreuzung biegen die Straßenbahnen, vom Rosenthaler Platz kommend, nach links in die Invalidenstraße ein. Nach Norden fährt keine mehr. Wer hinsieht, und das tun die wenigsten, bemerkt in der Straßenmitte eine Weiche, die noch seit verkehrsgünstigen Tagen im Pflaster steckt. Wie ein Stück Weiche aus der Kindereisenbahn. Daher nicht ganz zu vergessen, daß einst ein Dutzend Linien die Brunnenstraße befuhr. Vor allem die 41.

»Mit der 41 in die Stadt«. Franz Biberkopf, aus dem Gefängnis in Tegel entlassen, steigt zögernd in die Elektrische Bahn. So beginnt das »Erste Buch« von Alfred Döblins Roman »Berlin Alexanderplatz«, 1929. Lebhafte Straßen tauchen auf. Die 41 fährt mit ihm die Brunnenstraße entlang, vom Gesundbrunnen in Richtung Rosenthaler Platz. Schuhgeschäfte, Hutgeschäfte, Glühlampen, Destillen. Biberkopf steigt aus und mischt sich unter die anderen Menschen. Es ist wohl das einzige Mal, daß die Brunnenstraße in der schönen Literatur Platz nimmt.

Heute fährt keine Bahn mehr diese Strecke. Das hat nichts damit zu tun, daß dieses Verkehrsmittel in West-Berlin seit Jahr und Tag abgeschafft ist, während es – weil billig und ohne Luftverschmutzen – in Ost-Berlin unentbehrlich ist. (Wir wollen an dieser Stelle, um Korrektheit bemüht, beim richtigen und gegenseitig amtlich respektierten Namen nennen: Berlin/Hauptstadt der DDR und Berlin (West), müssen aber dem entfernten Leser durch geographische Angaben das Verständnis erleichtern: denn indem die Brunnenstraße von Süd nach Nord führt, liegt sie zugleich in Ost und West.)

Die belletristisch und baugeschichtlich so unbedeutende Brunnenstraße bietet uns einen Straßenbahn-Gedenktag. Am 8. Juli 1873 eröffnete die »Große Berliner Pferdeeisenbahn AG« ihre erste Linie. Vom Rosenthaler Tor die ganze Brunnenstraße entlang. 4403 Fahrgäste bezahlten 728,- Mark, das war viel, aber es mögen zahlende Ehrengäste gewesen sein. Fortan mußte man sich auf den Berufsverkehr einrichten, was bedeutete, daß weder der im Büro, noch der in einer Werkhalle Tätige sich täglich eine Fahrt hin-und-zurück würde leisten können. Außerdem zeigt die Wahl der Strecke, daß man Kutschen und Reiter besserer Gegenden nicht behindern wollte.

Weiter bergan. Ein Blick zurück. Die grüne Ecke, der Volkspark ist in den Nachkriegsjahren entstanden. Bomben oder letzte Kämpfe haben Ruinen hinterlassen, die abgetragen worden sind. Mancher denkt, es hätte hier immer Bäume gegeben, aber in Berlin muß man die Grünanlagen befragen.

Neben dem Modeinstitut ein Wettbüro für Pferderennen, die Sparkasse, zufällig (?) gleich nebenan. Hier beginnen die Bäume auf jeder Straßenseite, die sogar vom Gewissen behüteten Bäume im Straßenbild. Gegenüber lockt das Ladenschild »Trauerausstatter« mit elegantem Schwarz und hübscher Schaufensterpuppe: Genieße den Tag. Freu dich. Die deutsche Alltagssprache macht nachdenklich. Wozu sich mit Trauer ausstatten lassen? Aber auch »Münzreinigung« ist schließlich keine Geldwäscherei.

Geschäfte: ein Puppenspieler, Flügel und anderes. Dann eine Tafel mit verblichenen, aber sehr interessanten Fotos. Es handelt sich um Schankanlagen der Firma Willi Schulz, die im Berliner Ratskeller, auf Ausflugsschiffen und in Ferienheimen dafür sorgen, daß das beliebte Bier sauber und zügig fließt. Nebenan im Schaufenster ein Bierfaß mit Schläuchen, mit allem Drum und Dran, das man sonst nicht sieht.

Hier stecken Geschichten. Die vom Daumenwirt; so benannt, weil er ihn stets in der Suppe hatte beim Servieren. Von einem Fleischerladen hört man, in dem hing das Schild: »Auf Wunsch zerschlage ich meiner werten Kundschaft die Knochen.«

Die Brunnenstraße, so lang, so leider kurz wie sie ist, bietet ein Kunterbunt deutscher Vergangenheit und Gegenwart. Geht man im Haus Nummer 33 auf den Hof oder schaut durch ein Fenster im Treppenhaus, erblickt man einen Ziegelbau mit einer unlängst restaurierten hebräischen Inschrift über der Tür. Zu deutsch: »Dies ist das Tor durch das die Gerechten eintreten werden.« Es sind heutzutage Mitarbeiter der Berlin-Kosmetik. Büroräume in einer ehemaligen Synagoge. Warum nicht, wenn alle Beschäftigten wissen, wo sie sind. Beim Pogrom am 9./10. November 1938 – bis heute von manchen durch die Bezeichnung »Kristallnacht« verniedlicht – wurde dieses Gebäude wegen der umliegenden Wohnhäuser nicht angezündet, sondern »nur« demoliert; daher ist es als eines der wenigen Zeugnisse jüdischen Lebens in Berlin erhalten geblieben. Die kleine Synagoge gehörte dem Verein Beth-Zion, der 1879 gegründet wurde und um 1930 etwa 450 Mitglieder zählte. Wann die Synagoge geweiht wurde, wer sie entworfen und gebaut hat, ist bislang unbekannt. Auch wieviele Plätze sie hatte, weiß keiner.

In der Brunnenstraße wohnten drei Märzgefallene. Das ist lange her. Aber dieser 18. März 1848 ist ein großer Tag in der deutschen Geschichte. Seltsamerweise von keiner Regierung seither zum Feiertag erklärt. Er wird kommen. Ich bleibe bei meiner demokratischen Zuversicht und stelle eine Tafel auf für Casimir Pätzel, Brunnenstraße 19, Arbeiter bei Wöhlert – das war die Maschinenbau-Anstalt, gar nicht weit entfernt. Es gibt eine Wöhlertstraße. Aus diesen Generationen gingen die fleißigen, überaus gescheiten Arbeiter der Elektroindustrie hervor. Ludwig Rauck, Maurergeselle, Brunnenstraße, aber die Hausnummer ist unbekannt. Am Rosenthaler Tor stand eine Barrikade. Ich weiß, 140 Jahre später sieht alles harmlos aus. Franz August Gottlieb Schmidt, der Tischlermeister aus der Brunnenstraße 41, dritter Toter jener Märztage – er kann beteiligt gewesen oder von einer sogenannten verirrten Kugel getroffen worden sein, wenn nicht gar vom Militär abgestochen, man kennt Augenzeugenberichte.

Es gibt in der Nummer 41 – es ist ein anderes Haus als 1848 – keine Erinnerung an Minna Schwarz (1859-1936), die Großes in der Sozialfürsorge geleistet hat. Selbst kinderlos, gründete sie 1889 hier ein Mütter- und Kinderheim des Frauenvereins der Berliner Bne-Brith-Loge. Gleichzeitig wurden junge Mädchen in Wöchnerinnen- und Säuglingspflege ausgebildet, mit Staatsexamen. 1932 wandelte sie diese Einrichtung in ein Altenheim um, das ihr zu Ehren »Minna-Schwarz-Heim« hieß. (Die letzten Insassen wurden Opfer des faschistischen Massenmordes.) Es ist das schattige Gebäude, das man vom engen Hof aus sieht. Heute Kindergarten und Kinderkrippe. Könnte das Haus nicht wieder nach Minna Schwarz benannt werden?

Auch die Brunnenstraße war einmal jung. 1825 lag in der damaligen Nummer 45 die Kanzlei der »Zemischen Kranken- und Sterbekasse«. Solche Einrichtungen gab es bereits seit fünfzig Jahren. Die Zemische bestand seit 1795 und nahm nur Gesunde als Mitglied auf, welche »das 40. Lebensjahr noch nicht zurückgelegt haben« und »deren Leibesbeschaffenheit nicht ein baldiges Ableben besorgen läßt«. Krankengeld gab es 26 Wochen hintereinander, aber nur für »männliche Personen«. Wenn sie pünktlich gezahlt hatten.

Unser Weg läßt sich nicht geradeaus fortsetzen. Nicht wegen der zahlreichen Baustellen und ihren Zäunen. Hier heißt es »Fußgänger, andere Straßenseite benutzen« – in den meisten deutschen Inschriften dieser Art fehlt das Wörtchen »bitte« – aus anderem Grund. Unmerklich für Spaziergänger berührten sich an der Bernauer Straße die Verwaltungsbezirke Mitte und Wedding, und seit Kriegsende 1945 der Sowjetische und der Französische Sektor der Stadt. Hier kann man seit dem 13. August 1961 nicht mehr über die Straße gehen. Wir stehen vor der Staatsgrenze der DDR, deren Berliner Teil unter dem Begriff »Mauer« international bekannt geworden ist.

Deshalb zur anderen Straßenseite, der anders gegenüberliegenden, und den Weg bergab und zurück. Über Straßenbahnschienen, die wie zum Schein mitten in der Brunnenstraße stecken. Aber es wird keine Fortsetzung geben. Jenseits der Mauer ist die Straßenmitte ohne Schienen und grün bepflanzt.

Wer Firmenschilder sammelt – nur als Foto! – ist in einer Fundgrube. Und wenigstens einen Berühmten hat die Brunnenstraße zu bieten. Wer sieht die Tafel an der Fassade? Max Butting wurde hier geboren, der Komponist.

Ansonsten unauffällige Geschäfte, hüben wie drüben: Zoo-Handlung, Fußpflege, »Mode-Brunnen«, ein Speisenrestaurant (Montag bis Freitag 9 bis 15), ein Optiker. Mein Optiker. Seit Jahren kümmert sich Herr Fischer um meine beiden Augen. Opernkenner, Obermeister seiner Innung. Oft findet man in solchen Läden antiquierte Augengläser gesammelt. Hier aber gibt es Fotos. Ansichten dieses Ladens, den 1894 der Optiker Max Michaelis gegründet hatte. In der Brunnenstraße besten Jahren. »Korrekte Augengläser« und »Laterna Magica, Kinematographen und sämtliches Zubehör«. Theater- und Reisegläser. An der Tür: »Eigene Werkstatt mit elektrischem Betrieb«. Den gab es damals noch keine zehn Jahre. Zum dreißigjährigen Bestehen hängen Girlanden über dem Firmenschild, und Barometer im Schaufenster. Gleich doppelt zu lesen neben den Fenstern im ersten Stock: »Optische Fachanstalt«. Beim Nachfolger, der den Laden mit zwei Schaufenstern – die machten ihn seriös – bis 1954 hatte, heißt es: »Das Fachgeschäft der gutsitzenden Sehhilfe«. Er führte noch Fotoapparate. Heute: »Moderne Augenoptik«. Mit einem großen Schaufenster, vor dem ich eines Nachmittags stehenblieb und auf den Gedanken kam, ich müßte mir eine Lupe kaufen. So kamen wir ins Gespräch.

Vor seiner Tür hält der 78er Autobus, mit dem ich gern zum Alexanderplatz fahre. Gleich neben der Haltestelle, von den Wartenden nicht beachtet, oder schon nicht mehr, liegt eine rechteckige, rostfarbene Stahlplatte auf dem Bürgersteig. Man stolpert in Gedanken darüber, wundert sich vielleicht über die Löcher in diesem Teppich. Alte Leute wissen, daß damit ein Gitter abgedeckt wird, ein Entlüftungsschacht der Untergrundbahn. Es fährt nämlich eine unter uns entlang. Nur einsteigen kann von uns keiner, denn es ist die Linie 8. Sie fährt von Wedding nach Neukölln, oder besser erklärt: sie führt vom Norden zum Süden des Westens durch den Osten. So ist das. In Berlin bekommt der Kompaß eine neue Dimension. Vorm Optiker stehen wir genau darüber und zwischen den beiden Stationen »Bernauer Straße« und »Rosenthaler Platz«.

Zur anderen Brunnenstraße mit der Stadtbahn. Mit Fahrschein. Mit Visum. Anders geht es noch nicht. Vom Bahnhof »Friedrichstraße«, dem Grenzübergang, nach Norden. Wenn der Zug aus dem Tunnel auftaucht, sieht, wer sich auskennt und vorausschauend links an ein Fenster setzte, im Vorbeisausen Bäume und Grabsteine. Dort irgendwo liegt Theodor Fontanes Grab. Da schickt er mir seinen Satz: »Jeder Tag führt den Beweis, daß sich der Mensch nicht an alles gewöhnt.« Das wollen wir als Kostbarkeit mitnehmen.

»Humboldthain«, eine Station am Rande eines Parks, der zum 100. Geburtstag des großen Alexander angelegt wurde, 1869, und im Zweiten Weltkrieg völlig zerstört. Danach kommt »Gesundbrunnen«.

Der Stadtbahnhof »Gesundbrunnen« war ein doppelter Knoten. Hier trafen sich die Nord-Süd-Bahn und der Ring. Zwei großstädtische Linien. Weitblickend angelegt von den Stadtvätern, die vor hundert Jahren sich vorstellen konnten, wie sich alles entwickeln würde. Sie konnten es sich nicht vorstellen. Der Ring liegt tot. Gras wächst zwischen den Gleisen, aber nicht darüber. Das gibt es nie.

Auf der Brücke. Unten die Gleise. Oben gegenüber der grüne Humboldthain. In der Mitte zwei Straßenschilder. Links: Brunnenstraße. Rechts: Badstraße. Hier endet, wie seltsam und selten, mitten auf einer Brücke die eine Straße, und die nächste beginnt. Die letzte Hausnummer der Brunnenstraße ist die 110b. Und wenn man von jetzt an die Brunnenstraße entlangschaut – immer ragt als Wegweiser, als Leuchtturm der (Ost-Berliner) Fernsehturm in ihrer Mitte. Das hat doch etwas Poetisches.

Dem Humboldthain ließ Hitler einen der größten Bunker zur Fliegerabwehr ins Eingeweide jagen. Er steht angeschlagen als grotesker Rest, an dem sich Bergsteiger mangels Berliner Alpen betätigen. Hoch oben mit weißer Farbe angeschrieben: »Nie wieder Krieg!« Man muß so etwas anschreiben. Beizeiten.

Am Parkeingang Tafeln, auf denen 48 Arten von Vögeln abgebildet sind. Selbst wenn wir nur Amsel und Elster sehen und die Klappergrasmücke nicht, diesmal, und die anderen Bewohner der »Vogelinsel im Häusermeer«, bleibt im Gedächtnis, daß der erläuternde Text gleichberechtigt in türkischer Sprache danebensteht.

Auf dem Stadtplan von 1880 ein weitflächiges Gelände mit Bahnanschluß. Berliner Viehmarkt. Aber lange hielt er sich nicht. 1888 kaufte die AEG vorausschauend das Gelände. Die von Emil Rathenau gegründete Allgemeine Elektrizitäts-Gesellschaft brachte es bis zur Jahrhundertwende zur Weltfirma und verschaffte der Berliner Elektroindustrie gemeinsam mit und gegen Siemens die führende Stellung auf dem Weltmarkt. Sie richtete im Norden Produktionsstätten ein und ließ zwischen der Hussiten- und der Brunnenstraße etwas ganz und gar Neues errichten: Flachbauhallen mit Drahtglasoberlicht. Dazu holte man Peter Behrens, einen genialen Architekten, der außer solch übersichtlichen Arbeitshallen auch Motoren entwarf, Bogenlampen ihre Form gab, Briefköpfe gestaltete und die neuen Telephonapparate.

Das war schon in unserem Jahrhundert.

Anfang der Neunziger Jahre, als es das Wort »Industriekultur« noch nicht gab, engagierte die AEG den Mann, der den kühnsten Berliner Bahnhof entworfen hatte, den Anhalter. Franz

Schwechten. Er schuf das Eingangsportal in der Brunnenstraße. Und es blieb übrig. Von seinen Werken und von der AEG an dieser Stelle. Daher steht das zweitürmige Tor mit seinem Kunstschmiedegitter als Denkmal seiner selbst ein wenig hilflos vor einem Parkplatz und einem Computerbau-Hintergrund, in dessen Scheiben sich die gegenüberliegende Straßenseite spiegelt. Im Rundbogen steht unabgekürzt AEG; über den beiden Eingängen je ein Mosaik. Goldverschlungen das Monogramm AEG. Auf blauem Grund kleine weiße Pfeile, das ist die Elektrizität, dazu längliche Glühbirnen und Isolatoren. Ein hundertjähriges Industriegemälde. Vielleicht das erste seiner Art.

Schnell verschwinden, sobald die Zeitgenossen tot sind, Ereignisse, die nicht durch Gedenktafeln mitgeteilt werden. Wobei niemand, der solche Tafeln anbringen läßt, sicher sein kann, daß jemand sie wahrnimmt.

Wie sollte es gerade hier eine Tafel geben für den 1. Mai 1906, an dem sich vor dem Tor der AEG die Elektroarbeiter versammelten, um ihren Feiertag der Arbeit durchzusetzen. Genau hier demonstrierten sie am 16. April 1917 gegen den Krieg. Manchmal marschierten sie bis in die Innenstadt, die Brunnenstraße immer geradeaus, wie im Februar 1892, als die Rufe »Hunger« und »Brot« bis vor das Schloß tönten und die Ruhe des Kaisers störten. Von 1930 kennt man das vergebliche Protestieren gegen Hitlers Kommen. 1939 – keine Antikriegsdemonstration, auch 1944 nicht, nicht einmal im Frühjahr 1945. Kein Aufbäumen gegen die Gestapo und die SS, die ungehindert einzelne Kriegsgegner umbringt.

Nicht wegzulassen das Zwangsarbeiterlager. In der Brunnenstraße 106a eröffnete die AEG am 1. April 1944 ihr Ausländerlager für jugoslawische Zwangsarbeiter.

Als Julius Rodenberg, einer der großen Spaziergänger dieser Stadt, 1884 durch die Brunnenstraße ging, sah er sie als Haupt- und Geschäftsstraße und erlebte ihre Bewohner. Zumeist Arbeiter, die ihm »niemals unfreundlich oder nur unhöflich« begegnet sind. Leider hat er uns dieses nördliche Viertel kaum beschrieben, die von Arbeiterfamilien bewohnten uniformen, reiz- und oft baumlosen Straßenzüge der Mietskasernen. Selbst bei Neubauten hatte die Hälfte aller Wohnungen nur ein heizbares Zimmer. Worte wie Hinterhof, Seitenflügel und Keller waren Ortsangaben im Quartier. Nach vorn heraus wohnten Geschäftsinhaber, Handwerker und zur Mittelschicht zählende Familien, die den Umzug in angesehenere Gegenden nicht bezahlen konnten. Die Straßenfront sah freundlich aus. Balkons, Erker, Zierrat. Schnörkel und gereihte Mädchenköpfe. Man nannte das »Maurermeister-Architektur«. Beispiele sind gerade noch zu sehen. Sieben Häuser in diesem Teil der Brunnenstraße. Die Nummer 115 stammt von 1886. Groß steht und stolz diese Jahreszahl über der Haustür der unlängst aufgefrischten und weißen Fassade.

Der Schriftsteller, das hat schon 1785 in Weimar der alte Wieland gewußt, soll sagen, was er gesehen hat: »Mit ungetreuen Gemälden, welche nur die schöne Seite darstellen und die fehlerhafte entweder ganz verdunkeln oder gar durch schmeichlerische Verschönerung verfälschen, ist der Welt nicht gedient.« – Mir gefällt die neue, ins nächste Jahrhundert reichende Architektur in der Brunnenstraße. Beim großflächigen Abriß wurden zwar nicht nur Steine entfernt, sondern auch Geschichte und Bautradition, und dennoch. Die großen, grünen Höfe sind gesünder und schöner.

Aber weil ich nicht hier wohne, weiß ich nicht, wie es sich hier wohnt. Reicht den türkischen Familien der Verdienst für Miete und Lebensunterhalt? Ersparnisse seien kaum zu machen, erzählt man mir. Droht Arbeitslosigkeit?

Je näher zur Mauer, desto unbelebter wird es. Keine Ampeln an den Kreuzungen. Es lohnt wohl nicht. Bernauer Straße. Sie hat in jenen aufgeregten Augusttagen 1961 einen Klang bekommen, der dem unschuldigen Ortsnamen nun anhaftet. Tragödien. Es hat Tote gegeben.

Solange hier eine Verwaltungsgrenze war, wen von der Südseite kümmerte es, daß er in Mitte wohnte und beim Verlassen seiner Haustür den Bürgersteig von Wedding betrat?

Die Häuser jener Bernauer Straße sind verschwunden. Spurlos. Man braucht alte Fotos oder Erinnerungen, um sich vorzustellen, wie es aussah. Die Mauer. Auch hier bemalt, besprüht, bekritzelt; ein Flickenteppich der Emotionen. Auf dem Bürgersteig die alten Gehwegplatten. Wedding reicht bis dahin, wo ein Schild begrenzt: »Ende des Französischen Sektors«. Da genau endet Westberlin. Es sind aber noch ein paar Meter bis zur Mauer. Man kann hier auf einen Aussichtspunkt klettern, ein Holzgerüst, praktisch schon auf DDR-Gebiet. Ein Hochstand, schon etwas morsch, und wie die Mauer nicht für alle Zeiten bestimmt.

Fünfzehn Stufen. Eine wacklige Angelegenheit. Was sieht man? Nicht viel. Ein paar Bäume im Hintergrund. Häuser und die Dächer parkender Autos. Du weißt ja, was du siehst. Da biegt gerade der Autobus 78 ein und wird in weniger als einer Minute vorm Optikerladen halten.

Nun kommt es wie immer darauf an, wer seine Hände auf das verwitterte Geländer legt. Ist er jung, ist er betroffen, ist er Tourist? Überall, wir haben sie gesehen, gibt es in der Brunnenstraße Spuren und Reste des Zweiten Weltkriegs, der in dieser Stadt verkündet und begonnen wurde; diese Mauer ist eines seiner Ergebnisse. Viel einzelnes Leid inbegriffen.

Um es nochmals mit Hausnummern zu sagen: Westberlins Brunnenstraße beginnt mit der 53 und endet mit der 127. Unverzichtbar die Fahrt mit der erwähnten Untergrundbahn. »Voltastraße« einsteigen. Ihr elektrischer Name erinnert (wen?) an die Antriebsmaschinen der AEG, die ihrerzeit den ersten Berliner U-Bahntunnel baute. Wieder ein Brunnenstraßen-Unikat. Für sich, um ihre Werkanlagen mit einem unterirdischen Fahrtransport verbinden zu können.

Die nächste Station ist »Bernauer Straße«. Grün gekachelt, schwarze Säulen. Die schlucken Licht. Der Name weiß auf schwarzem Grund. Der Zug fährt langsamer; er muß so tun, als wolle er halten. Das haben ihm seine Konstrukteure angewöhnt. Er kann nicht anders. Dann bald »Rosenthaler Platz«. Hell, fast freundlich die ockergelben Kacheln. Jeder Bahnhof hat nämlich seine Farbe.

Seltsames Gefühl, bei uns untendurch zu sausen, zu rattern, zu quietschen ohne Halt. Und jetzt, noch vor »Rosenthaler Platz«, kann ich nicht lesen oder dösen wie andere Fahrgäste, die sich daran gewöhnt haben, sondern ich weiß von dem Gitter oben, von der es zudeckenden Platte an der Bushaltestelle. Dort stehen Wartende.

(1988)

Wie wir Wieland zu Grabe trugen

Er lebte seit Jahren in einem überaus komfortablen Altersheim für Bevorzugte. Verdient hatte er's. Seit seinem 90. Geburtstag war er aus unseren Zeitungen verschwunden, daher kam es als Schreck und Schmerz am 24. November 1988 in der Morgenzeitung: Wieland Herzfelde ist gestorben. 93 Jahre alt.

Ich hatte ihn zuletzt an seinem 90. Geburtstag gesehen. Als wir in jenem noblen Heim in Berlin-Friedrichshagen in der Café-Etage im durch sein Dasein im Sessel gehemmten Halbkreis um ihn standen. Er lächelte in sich hinein und verstand wohl kaum etwas von dem, was wir ihm sagten an diesem Tage, falls wir überhaupt aussprachen, was wir uns vorgenommen hatten. So, wie er dort saß, war das überlegene Ironie. Ich nahm mir davon ein Stück mit für jedes Jahr vor Neunzig. Er hatte uns oft mit Ansichten geistreich beschenkt.

Und während wir noch standen, erschien von irgendeiner Institution, deren Namen ich glücklicherweise nie erfahren habe, ein Mensch in seinem guten Anzug und stellte sich – nein, man muß es benennen – baute sich auf vor dem Jubilar und begann eine Grußadresse abzulesen; lang, und wie gewöhnlich nichtssagend; und nichtssagend, wie gehabt, die üblichen Fertigteile. Er las und las bis zum Schluß. Wieland Herzfelde sah durch ihn hindurch in eine weite Welt voller Blumen und Immergrün. Schlimm nur war, daß jener Überbringer nicht merkte, wie unangebracht er war. Er erfühlte es nicht, sondern erfüllte seinen Auftrag. Und es macht mir Unbehagen, solche Dummköpfe unter jenen zu wissen, die mich verwalten oder gar regieren.

Am Mittwoch war Wieland Herzfelde gestorben. Am Freitag kam ein gelber Brief ohne Absender mit der Post. Eine Klappkarte. »Zum Gedenken an (Faksimile, Unterschrift) Wieland Herzfelde. 11.4.1896 - 23.11.1988.« Innen rechts auf dem Fond eines handschriftlichen Briefes sein Altersbild. Sehr mager, mit geneigtem Kopf; so hatte er in seinen achtziger Jahren manchmal geschaut und viele Namen nicht mehr gewußt, Freunde im Foyer der Komischen Oper nicht mehr erkannt, was machte das schon? Er war da. – Links auf dem Kartenblatt: »Liebe Freunde, freut euch mit mir, daß ich so lange mit Euch leben durfte.«

Das hatte keiner erwartet.
Er hatte diese Karte elf Jahre zuvor aufgesetzt.
So war er.

Auf dem Wege zur Akademie der Künste am Robert-Koch-Platz, umgeben von den in die Universitätskliniken Genötigten, bist du, ohne medizinische Gründe kommend, erleichtert, um nicht zu sagen froh, daß du heute bloß wegen einer Trauerfeier in das Gelände der Charité dich begibst.

Auf dem Podium ein Großfoto: Herzfelde, ohne Altersschwäche lächelnd, zwei Finger an die Wange gelegt. Von der Seite gesehen. So sah ich ihn an, die meiste Zeit während der Feier, und dachte, nur solche Bilder soll man zeigen zum Abschied. Heiter soll der Mensch aussehen, wie zu Lebzeiten; soll sich so seinen Freunden eingeprägt erhalten, denn die sitzen dort trauervoll.

Dieter Wien und Klaus Piontek lasen aus Herzfeldes Werken. Anschließend vom Streichquartett das »Lieblingslied von Wieland Herzfelde«. So stand es ohne Titel im Programm. Und es schien, als habe er auch das beizeiten so angeordnet und ausgesucht, hoffend, jeder würde erkennen – ja, was denn?

Während die vier Streicher es intonierten, sang es in mir: »Drei Lilien, drei Lilien, die pflanzt ich auf mein Grab«. Das Buchdruckerlied. Die sangen es bei jeder Gelegenheit. Und ich hörte den Verleger, den Malik-Mann, und spürte den längst im Lichtsatz verlöschten, im Computerschweigen verklungenen Geruch des geschmolzenen Bleis, der Matern und Schnellpressen und Rotationen. Es war aber nicht das Lied der Buchdrucker gewesen, wie anderntags in der Zeitung stand, sondern »Im schönsten Wiesengrunde«. So grüßte Wieland jeden wie immer auf seine Art. Vieltausendmal.

Werner Mittenzwei hielt eine Rede, der man zuhörte: Mit viel Anstrengungen habe Wieland Herzfelde ein Werk aufgebaut, mit viel Standhaftigkeit, Talent und Mut, List und Glück, das Spuren hinterließ und in die Geschichte dieses Jahrhunderts einging.

Während sie einen schwierigen Mozart spielten, fiel mir manches ein. Wie Herzfelde einst, als ich ein theoretisches Buch über das Wesen des Feuilletons verfaßt zu haben glaubte, ein ablehnendes Gutachten abgab. Kein Bösachten. Das andere Gutachten, von Walther Victor, war gleichfalls dagegen. Das Buch erschien dennoch. In mir war Distanz entstanden zu beiden Männern. Das war verständlich und töricht zugleich. Beide wurden in folgenden Jahren warmherzige Freunde, von denen mancherlei zu lernen war.

Wie Herzfelde im Kulturbundklub zu meiner Lesung erschien, später mehrmals, immer begleitet von seiner Sekretärin und Umsorgerin seiner späten Jahre Elisabeth Trepte, der ich kondolierte; war denn nicht sie seine nächste Angehörige überhaupt! Sie hatte sein Portemonnaie und bezahlte unseren Wein.

Einmal, das war 1980, begegneten wir uns im »Theater im Palast«, als dort noch die jährlichen Auktionen des Leipziger Zentralantiquariats stattfanden. Dort lag ein Polgar, der mir fehlte. »Kleine Zeit«, während des ersten Weltkrieges geschrieben, erst 1919 in Wien gedruckt, wie sich denken läßt. Das Buch hätte ich gern gehabt. Wieland, Frau Trepte und ich stießen aufeinander am Tisch der Vorbesichtigung. Ich merkte, daß er diesen Polgar wollte, vielleicht erinnerte er ihn an etwas. Jedenfalls ging mir beim Bieten später bald die Puste aus.

Über diesen Augustabend 1980 schrieb die »Berliner Zeitung«, als dreiundzwanzig Bücher des legendären Malik-Verlages versteigert wurden: Das »Augenmerk der Umsitzenden richtete sich währenddessen auf die Reaktionen eines Mannes, dem all diese Bücher zu verdanken sind. Er steigerte mit. ›Ich ergänze hier zum einen meine Sammlung, damit ich sie so vollständig wie möglich der Akademie der Künste übergeben kann, und zum anderen macht es mir Freude, Freunde damit zu beschenken.‹« Auf diese Weise bekam ich hinterher Polgars Buch. Mit einer Widmung, die mir so die Sprache verschlägt, mich beglückt und beschämt, daß ich sie hier nicht wiederhole.

So einfach aber soll einer nicht das Buch in seine Tasche stecken und froh nach Hause gehn. Einer muß Daten lesen und Daten verarbeiten. »März 1919« hat Polgars Verleger Fritz Gurlitt vorn als Erscheinungsdatum drucken lassen. Ein Satz aus Herzfeldes Buch »Immergrün«: »Mich hatte man am 7. März [1919] geholt ... Ich wurde ins Eden-Hotel geschafft«, wo zwei Monate zuvor Luxemburg und Liebknecht »ihren Mördern ausgeliefert wurden«. Herzfelde beschreibt seinen Todesmarsch, den des kleinen Mannes, der um Haaresbreite nicht erschossen worden ist im März 1919.

Es war eine Trauerfeier ohne Pomp und Umstände, ohne jederart Ordenskissen und Ehrenwächter unter Stahlhüten. Er wäre sonst beiseite gegangen.
Zwischendrin dachte ich an Else Lasker-Schüler. Ob sie den jungen Mann von damals jetzt nicht begrüßt haben müßte, lauthals und ganz leise: Malik, was hast du aus dir gemacht ...

Es stand aber weder ein Sarg noch eine Urne auf dem Podium in der Akademie. Nur das große Foto mit dem Trauerflor.
Am Ende wußte keiner recht, wie es weiterginge. Zwar war die Beisetzung angekündigt worden in der Einladung, aber ohne Hinweis. So schritten wir, nachdem jeder in langer Schlange bei der einzigen Garderobenfrau nach seinem Mantel angestanden hatte, einer hinter dem anderen in die Hannoversche Straße. Es ist nicht weit zum Dorotheenstädtischen Friedhof, dessen Hintertür extra für uns geöffnet worden war, was einige vielleicht gar nicht zu schätzen wußten.
Ich hatte geglaubt, es handle sich um eine Erdbestattung. Da wäre der Sarg im Plenarsaal zwei Wochen nach dem Tode unangebracht gewesen. Doch als wir auf dem Dorotheenstädtischen Friedhof anlangten und zur Kapelle strebten, trug man eine blumengeschmückte Urne uns voran.
Warum stand die Urne nicht im Plenarsaal während der Feierstunde? Warum wurde sie, im Falle daß sie dort gestanden hätte, nicht von Akademiemitgliedern auf den Friedhof getragen? Oder gar von uns, von dreißig, vierzig, fünfzig Trauergästen abwechselnd weitergegeben auf dem kurzen, vielleicht sechshundert Meter langen Weg bis zum Grab? Als Stafette seiner Freunde, Bewunderer, Erben, die, wenn sie auf solche Weise ihn gehalten hätten, sein Andenken erfaßten und nunmehr weitertragen müßten.
Der Dezember ist kalt. Unsere Zeit kälter.
Jeder ist sein eigener Fußball, und meistens der von anderen.
Es waren nicht viele Schriftsteller gekommen. Warum?! Wußten sie es vielleicht nicht? Es hatte allerdings nicht in der Zeitung

gestanden. Warum nicht? Damals, 1969, als wir im neuerstandenen Kronprinzenpalais Unter den Linden, das inzwischen »Gästehaus« heißt, uns feierten, säbelte zu vorgerückter Stunde Wieland Herzfelde für jeden, der mochte, Hühnerfleisch am kalten Bufett und sagte dabei etwas Gescheites über Schiller, der schon befürchtet hatte, die Wissenschaft entreiße uns eine Provinz nach der anderen. Es war nämlich zu der Zeit, als man uns die wissenschaftlich-technische Revolution weniger anempfahl als androhte. Inzwischen haben sich wenigstens einige Schriftsteller einen Personal-Computer zugelegt. Möge es ihrer Sprachkunst nutzen.

Wieland hat uns zuweilen Mut gemacht, originell und geistreich.

Unser P.E.N.-Zentrum hat unserem ältesten Mitglied und Ehrenpäsidenten Sätze nachgerufen, die weitergesagt werden müssen: »Er dachte immer radikal. Deswegen hatte er so oft recht. Schon zu Lebzeiten eine Legende, ist ihm sein Stellenwert in der revolutionären Literatur sicher. Er hat nichts mehr davon, aber wir.«

Es geht recht steif zu in unseren Tagen. Wieland Herzfelde war Ehrenbürger der DDR-Hauptstadt geworden, wenn auch ziemlich spät. War denn kein Würdenträger vom Magistrat und aus anderen oberen Etagen abkömmlich, und sei es als Leser? Als Verehrer, wenn schon. Einfach so. Oder bloß aus Respekt vor einer Lebensleistung.

Wieland Herzfelde ist geehrt worden. Und vielleicht, das wollen wir festhalten, wäre es ihm gar nicht so angenehm gewesen, wenn man seine Urne – um einen Ausdruck unseres zuendegehenden Jahrhunderts zu benutzen – zu hoch angebunden hätte …

Nach einem reichen Leben ist ein guter Mensch gestorben. Er hat, was mein Leben betrifft – und danach messen wir doch fast alles –, Anregendes vermittelt, Freundlichkeit und Güte. Was wird von ihm erzählt? Er hat im Haus, in dem er lange wohnte, einem schönen Miethaus, eines Abends, an allen Türen klingelnd, Kuchen verteilt. Er hat auf seiner Straße Unrat zusammengefegt – wage keiner mir zu sagen, wer das als Nationalpreisträger tue, sei geistesschwach! Das war Vorbild anbieten auf seine Weise. Dürfte man das ihm etwa nachtun? Jeder nach seinen Fähigkeiten. Klang deshalb die »Internationale«, von vier Geigern gespielt, so zart, so rührend, so zerbrechlich?

An diesem Dezembermittag zwischen den Gräbern, ohne Mikrofon, ohne den Lärm der Chausseestraße und der Flugzeuge sprach Wolfgang Kohlhaase für Wieland Herzfelde am Grab: »Er war ein Virtuose des Machbaren und hat doch den Sinn nicht verloren für das Denkbare, das, wenn es in die Welt soll, noch immer unsere ganze Kraft braucht, unsere Solidarität und unsere Phantasie. So hat er lange gelebt und ist nicht alt geworden. In der sandigen Erde Berlins sind viele begraben, die mehr Gerechtigkeit wollten, Berühmte und Namenlose, nicht Wenige kamen um durch Gewalt. Wieland Herzfelde, der in Frieden gestorben ist, liegt nun bei ihnen und ist weiter mit uns.«

Wieland. Wyland – Weiländ – heißen in den USA seine Nachkommen. Weiland ist ein altes, gutes deutsches Wort. Weiland …

Es war einmal ein Mensch, der hieß Wieland Herzfelde, und da er bloß gestorben ist, lebt er noch heute.

(1988)

Fontane in Berlin

Die wirkliche Freiheit hat keine Paragraphen.
Theodor Fontane

Es müßte ein dickes Buch sein. Es bleibt ein Spaziergang; der beginnt an seinem Grab auf dem Friedhof der Französisch-Reformierten Gemeinde. Eingang von hinten, denn – wie lange ist's her? – diese Friedhöfe an der Liesenstraße lagen im Grenzgebiet; und was das bedeutete, das wissen die Leute noch. Die Wanderung zu Fontanes Grab war abhängig von mehreren Erlaubnisscheinen und wurde seit 1985 an einigen Tagen gestattet. Nur beim Fotografieren mußte man aufpassen, daß die Grenze nicht ins Bild geriet, denn die DDR-Regierung schämte sich wegen ihrer Mauer. Sonst hätte sie ja Ansichtspostkarten verkaufen lassen.

Schilder weisen den Weg, der durch den katholischen St.-Hedwigs-Friedhof führt. Das Grab ist restauriert. Die Inschriften waren sehr verblichen unter der Berliner Luft.

Liesenstraße heißt sie nach einem Café-Besitzer Adolf Liese, der durch Landverkauf solche Unsterblichkeit erlangte wie manch anderer Grundbesitzer vor der Stadt. Was kümmerte das den sechzehnjährigen Theodor, als er mit Onkel August und dessen Familie im Lieseschen Hause eine Sommerwohnung bezog in den Jahren, als hier die Friedhöfe angelegt wurden. Wichtiger war der weite Schulweg bis zur Weinmeisterstraße. Also schwänzte er häufig und machte Ausflüge in die schöne Umgebung. Es war der Beginn der »Wanderungen«.

Die Geschichte geht fast immer an dem
vorüber, was sie vor allem festhalten sollte.
Theodor Fontane

Onkel August, ein Bruder Leichtsinn, wechselte oft die Wohnung. Daher finden wir den jungen Theodor um Ostern 1835 im Parterre eines Neubaus in der Großen Hamburger Straße. Sein Zimmer war so feucht, »daß das Wasser in langen Rinnen die Wände hinunterlief.« Lauter gescheiterte Leute hatten hier »als Trockenwohner ein billiges Unterkommen gefunden.« Aus Neubauten mußte die Nässe herausgewohnt werden durch Familien, die dafür kaum oder keine Miete zahlten, höchstens mit ihrer Gesundheit: »Arme Künstler, noch ärmere Schriftsteller und bankrotte Kaufleute«, an der Kassenprüfung »gescheiterte Bürgermeister aus Kleinstädten«, verkommene Adlige. Dazu Alma, »eine kleine, sehr wohlgenährte Person mit roten Backen und großen schwarzen Augen, die mit seltner Stupidität in die Welt blickten.« Als Vater Fontane seinen Sohn besuchte, erkannte er sachverständig sofort Alma als öffentliches Mädchen.

Eine Zehnjährige aus der Nachbarschaft, die kleine Emilie, war bloß eine Spielgefährtin für den fünfzehnjährigen Theodor, der sie für die nächsten neun Jahre aus den Augen verlor, bis sie ihm als Neunzehnjährige wieder begegnete: »Beweglich und ausgelassen, vergnügungsbedürftig und zugleich arbeitsam, war sie der Typus einer jungen Berlinerin, wie man sie sich damals vorstellte«.

Geht man von Unter den Linden in Richtung Bahnhof Friedrichstraße auf der linken Straßenseite, kommt man an einer Apotheke vorüber. Denken wir dabei an die Schachtsche, die lag an der nächsten Ecke, Mittelstraße, und sehen wir den Apotheker Fontane. Er hat Spätdienst. Es ist der 8. Dezember 1845. Am Nachmittag bat ihn diese Emilie in einem dreieckigen Brief sehr präzise, sie um 22 Uhr nach Hause zu begleiten. Sie kommt von Onkel Augusts Geburtstagsfeier.

Der Weg führt bis zum Oranienburger Tor und dann in die Oranienburger Straße, wo Emilie in einem »ziemlich hübschen, dem großen Posthof gegenüberliegenden Hause wohnte«. Das ist zum Nachgehen, Nachsehen; seit über hundert Jahren steht dort das Postfuhramt und glänzt in alter Pracht.

Aber wir haben die beiden jungen Menschen im Auge, wenige Schritte vor der Weidendammer Brücke. Sie plaudern übermütig, und dabei kommt Theodor die Idee: »Ja, nun ist es wohl eigentlich das Beste, dich zu verloben.« Und als sie die Brücke hinter sich haben, »war ich denn auch verlobt.« Er nennt das den »glücklichsten Gedanken« seines Lebens, bleibt aber skeptisch. Und als er sich gegenüber vom Posthof verabschiedet, nimmt er noch einmal Emiliens Hand und sagt: »Wir sind aber nun wirklich verlobt.« Männer sind so. Wollen sich auf Abgemachtes verlassen.

> *Das großstädtische Leben ist es, das jeden,*
> *auch den Eitelsten, unerbittlich fühlen läßt:*
> *ich bin nur ein Sandkorn.*
> Theodor Fontane

Elf seiner siebzehn Romane spielen ganz oder zum Teil in Berlin, das sich aus der Residenz in eine Großstadt verwandelt, Weltstadt werden möchte. Er sieht alles. Und beschreibt mit bestechender Exaktheit und kritischer Distanz: »Ist es Weltstadt? Ja und Nein.« Fontanes Wanderungen durch Berlin: »In der Invalidenstraße sah es aus wie gewöhnlich: die Pferdewagen klingelten, und die Maschinenarbeiter gingen zur Schicht ...« Heute donnern Straßenbahnen, und die Industriebetriebe sind längst weiter nach Norden gerückt. »Möhrings wohnten Georgenstraße 19, dicht an der Friedrichstraße ...« Davon ist nichts mehr übrig. Effi Briest wohnt in der Königgrätzer Straße (heute Stresemannstraße) im dritten Stock und kann aus dem Hinterfenster die Bahndämme sehen, das ist sozialer Abstieg; die Leser konnten es fühlen.

Unter den Linden: Café Kranzler. (Dessen Begründer liegt auch an der Liesenstraße begraben.) 1862 kommt Theodor Storm zu Besuch, sie wollen spazieren und speisen. Nur ist Storm für einen Waldspaziergang gekleidet (leinene Hosen, gelbe Knitterweste, grüner Rock, Reisehut und ausgeleierter Schal), was dem peniblen Fontane peinlich ist, denn der Provinzler will unbedingt ins vornehme Café Kranzler. Die dort sitzenden Gardeoffiziere amüsieren sich sichtlich.

> *In meinen ganzen Schreibereien suche ich*
> *mich mit den sogenannten Hauptsachen*
> *immer schnell abzufinden, um bei den*
> *Nebensachen liebevoll,*
> *vielleicht zu liebevoll*
> *verweilen zu können.*
> Theodor Fontane

Wo ist die alte Potsdamer Straße geblieben? Jedenfalls dort am Potsdamer Platz, wo sie anfing und aufhörte. Neue Einöde. Ohne Mauer zugänglich aus allen Richtungen. Kahl, zerrupft, Trampelpfade, Müll und echter Sand, wie er den Leuten hier seit hundert Jahren nicht mehr in die Schuhe gekommen ist.

Ein Haus. HUTH steht zu lesen. »Und dann ein kleines Vorsprechen bei Huth zum Frühschoppen«. Kein weiter Weg von der Wohnung, in der er bis zum Tode lebte, in der er alle Romane schrieb an dem Schreibtisch ... Ein Berliner Schauspieler – da denken wir an Fontanes Parkettplatz Nr. 23 – hat sich um das sieben Jahre nach Fontanes Tod abgerissene und als Geschäftshaus neu errichtete Gebäude gekümmert, das im Krieg zerstörte. »Ich will hier ein Denkmal«, schreibt Andreas Grothusen, der alles genau vermessen hat. Heute ist hier ein Abrichtungsplatz für Hunde.

Das von Grothusen erdachte Fontane-Denkmal fasziniert: Eine 9,10 Meter hohe Säule, das wäre die zweite Etage, und darauf genau an der Stelle, wo er in der Wohnung stand, ein getreuer Abguß vom Schreibtisch Fontanes. Erinnernd an Meisterwerke, an Zerstörung, und: »der Anblick eines in der Luft schwebenden Schreibtisches symbolisiert gleichsam die prekäre Existenz eines Schriftstellers«.

Nur zu. Jetzt würde der hohe Schreibtisch verloren wirken in der häßlichen Umgebung. Aber inmitten der neuen Anlagen im kommenden Jahrzehnt ... Dann ist hier wieder eine Gegend, dann flaniert man wieder und setzt sich in neuer Umgebung in ein Café, in eine Weinstube. Und in Sichtweite sagt im Licht der Nachwelt auf schlanker Säule ein Schreibtisch: »Der Berliner zweifelt immer.« Das möchte so bleiben.

Ich flaniere gern in den Berliner Straßen,
meist ohne Ziel und Zweck,
wie's das richtige Flanieren verlangt.
Theodor Fontane

Das erste Gedicht, das mir als Schulkind gefiel, handelte von jener Birne, die der alte Ribbeck mit ins Grab nahm. Später kamen mir bei »John Maynard« die Tränen, was vielleicht kein ungutes Zeichen war. Nur achtet man in jungen Jahren nicht darauf, wie der Verfasser heißt. Und zu früh gelesen können Fontanes Romane langweilen. Schließlich stammen sie vom alten Fontane. Dann aber kommt der Tag, als er uns beim Arm nimmt und uns in sein

Berlin und ins Menschenleben führt. Da wissen wir schon mehr über Kummer und Glück, Eifersucht, Neid und Verlust.

Eines Tages wird er, mit Verlaub, unser Kollege. Nicht, daß ich Romane schreiben könnte oder Wanderungen unternehmen – jene zu seinem Grab (1978) vielleicht ausgenommen, die aber hätte doch längst jemand schreiben müssen. Nein, Theodor Fontane wird zum Nebenmann, weil er Vorgesetzte und Verleger hatte, die ihn nicht verstanden. Sogar er wurde nicht bei jeder Änderung gefragt. Andere verdienten viel an seinem Fleiß; er aber mußte Honorare anmahnen: »Ich finde die Summen immer zu klein«. Doch hatte er gute und langjährig zuverlässige Freunde. 1883 schreibt er: »Alles Lob thut wohl«.

Als ich 1977 eine Sammlung Berliner Feuilletons seit Glasbrenner herausgab unter dem Fontanetitel »Der Berliner zweifelt immer«, mußte die Bibliothek in Berlin-Weißensee diese unzumutbare Ankündigung aus dem Fenster entfernen.

Recht hat er (immer noch) damit, daß »die gesellschaftliche Stellung des Schriftstellers in Deutschland ... keine glückliche ist«. Und: »ich bin nun mal für Frieden und Compromisse« und: »ich bin für das Neue, wenn es gut ist. Was doch, Gott sei Dank, auch vorkommt.« Unsereins lebte vormals und jetzt mit Fontanescher Gelassenheit, (»man muß alles ruhig hinnehmen«) und seinem »Heiteren Darüberstehen«!

Da hatte ich nun die Chance, daß er dem Wilddieb in »Quitt« seinen richtigen Namen läßt. Jener hatte einen Förster erschossen! Fontane über diesen Unhold, »der verheiratet und ein ganz gemeiner Kerl war, den prosaischen und dadurch ihm zuständigen Namen ›Knobloch‹« führte. Oh weh. Den »konnte« Fontane im Roman »natürlich nicht brauchen«. Wieso?

Fortan begnüge ich mich mit dem Satz aus dem Brief an Georg Friedländer (27.12.1893), als der nach Amerika entflohene Mörder des Försters dort angeblich entdeckt worden war. Fontane: »Ich glaube, es war Knobloch und der ist ja wohl todt.«

(1990/1998)

WEGE ZU FONTANES GRAB

Irgendwer hatte erzählt, Fontane liege im Grenzgebiet begraben. Man könne nicht hin. Sowas reizt allemal. Also versuchte ich im April 1978, rechtzeitig vor seinem 80. Todestag am 20. September, für den Friedhof der Französisch-Reformierten Kirche an der Liesenstraße eine Besuchergenehmigung zu bekommen.

Wo? Und bei wem? Der Weg war ein Umweg. Er ließ sich beschreiben mit allen einundzwanzig Telefongesprächen. Unsereiner ist immer auch Chronist. Ob er das weiß oder nicht.

Jeder, der mit meiner beabsichtigten Wanderung zu Fontanes Grab zu tun bekam, war interessiert, freundlich und hilfsbereit. In allen Ämtern. Eine Polizistin in der Meldestelle, die im Angesicht der Friedhöfe wohnte, sie aber auch nicht betreten durfte, gab mir mit auf den Weg, ich möge alles genau beschreiben. Es wurden dann achtzehn Seiten.

»Theodor Fontane ist 1898 in Berlin auf einem Friedhof beerdigt worden, der mittlerweile, seit 1961, im Grenzgebiet liegt. Das bedeutet: Sein Grab kann nicht ohne weiteres besucht und besichtigt werden. Das wissen viele nicht. Sie kommen manchmal von weit her, halten Blumen in der Hand und müssen am Gatter umkehren, weil sie keine Grabkarte haben, die zum Betreten des Friedhofs berechtigt. Touristen-Grabkarten gibt es nicht. Daher ist es im Grunde dasselbe, ob unsereiner eine Reise nach Neufundland unternimmt, um später als Weitgereister davon zu erzählen, ob er sich in Sibirien tummelt, oder ob er in seinem Berlin auf den Friedhof geht, wo Fontane liegt. Vielleicht möchten die Leser zuallererst wissen, wie es dort aussieht.«

So fing der Text an. So ist er kreuzweis durchgestrichen mit blauem Kugelschreiber. Von einem hochrangigen Militärmann, Oberst gar, denn das Grenzgebiet und damit mein Feuilleton unterstand der Nationalen Volksarmee. Oben rechts in der Ecke liest man: »Streichen: Das könnte auch in der Springer-Presse gestanden haben! [Unterschrift] 24.7.78.« Der leibhaftige Zensor. Ein glücklich zu nennender Umstand hat mich damals in den Besitz dieser zensurierten Kopie meines Manuskripts gesetzt. Endlich hat man es schriftlich. (Abgesehen davon habe ich seit

Jahrzehnt und Tag über jede so verlangte Änderung Logbuch geführt. Ohne deshalb 1990 in Wut- oder Wehgeschrei auszubrechen im Nachhinein.) Dort auf meinem Fontanepapier geht es munter weiter mit vielen »Was soll das? Nein« am Rande und »Streichen«. Ich erfuhr auch, daß mündlich der Ausdruck »Staatsfeindliche Hetze« gefallen war. Deshalb stand meine Wanderung zum 80. Todestag Fontanes nicht in der »Wochenpost«. Der Springer-Presse, wie militärbehördlich empfohlen, gab ich die Seiten nicht.

»Hätte ich einen der denkbaren Dienstwege eingeschlagen, wäre alles schneller gegangen. Aber auf dem von mir benutzten Stadtplan gibt es keine Dienstallee!«

Neben dieser Stelle steht auf meinem Manuskript vermerkt: »Unmöglich!«

Der 20. Juni 1978. Sonnenschein, Hochstimmung. Wie an einem ganz persönlichen Feiertag. Es ist einer. Eine Idee wird verwirklicht. Mühelos ginge man zu Hegel, zu Schinkel, man geht nicht, man verschiebt es. Ein Grab läuft nicht weg. Fontane aber ... der an einen Erlaubnisschein Gebundene – wann, wenn nicht heute!

Warum bin ich der erste? Warum hat nicht längst ein anderer seinen Weg zu Fontanes Grab beschrieben?

Und wenn ich nun den alten Fontane selber auftreten ließe hier? Mit all seinen Eigenschaften, Ansichten und Redeweisen als Prüfer aus dem Damals? Aber der Passierschein ist nicht auf seinen Namen ausgestellt. Er darf nicht hinein, höchstens mitreden.

Man gelangt – auch heute noch – nur durch den Wöhlert-Garten, also durch den Hintereingang, zum Friedhof und sieht noch das Häuschen, das einst ein geöffnetes Anmeldefenster hatte. Einlaß für alle, die eine graue Grabkarte vorweisen können. Oder, wie ich, einen »Passierschein zum vorübergehenden Aufenthalt im Schutzstreifen«. Hier steht am Rande: »Nein, Streichen« ...

Heutzutage spaziert man dort umher, sieht vor sich einen stabilen Zaun; deshalb ist der Weg durch die Wöhlertstraße anzuraten. Andere, die behender sind, haben nach der Maueröffnung dort allerlei Wertvolles gestohlen, darunter Porträtköpfe wie von Arends, dem recht bekannten Stenographen, dessen bronzenes Antlitz ein guter Wegweiser war zu Theodor Fontane nebenan.

Frage: Warum haben nicht längst dankbare Leser dem inzwischen zum Klassiker gewordnen Dichter sein Porträt aufs Grab gesetzt? Auch diese edle Bronze wäre geklaut worden. Wer Geld übrig hat, sollte es dem Fontane-Verein spenden; den gibt es in Potsdam.

Sein Grab 1978: Ein Doppelbett, von Efeu überwachsen in einem mit grauem Stein niedrig eingefaßten Quadrat. In der Mitte steckten ein paar künstliche Lilien. Und beim Stadtgartenamt hatten sie mich gebeten, ihnen mitzuteilen, wie das Ehrengrab aussähe, für das der Magistrat zuständig sei. Auch vom Gartenbauamt durfte seinerzeit keiner zum Grab. So war das.

Im Sinne meiner selbstgewählten Aufgabe registrierte ich 1978: »Wer Fontanes Grab überschaut, und sei es, um das genehmigte Foto korrekt anzufertigen, erblickt nicht sehr weit entfernt den durchsichtigen Grenzzaun. Diese kilometerlange Sperre kann ich sehen, so oft ich mit meiner S-Bahn von Pankow zur Schönhauser Allee fahre. Ich lese aber meistens. Und hier durch die Maschen gucken auf die undurchsichtige Mauer? Wozu?« – Da hat der Unbekannte am Rande notiert: »Was soll das?«

Hat jemand schon mal ein Militärwesen erlebt, das Ironie versteht?

Ich mußte damals meinen Text und die Fotos vom Grab dort abliefern, wo ich meine Ausweispapiere bekommen hatte: bei der Nationalen Volksarmee. Sie war für das Gebiet an der Grenze zuständig.

Solche Sätze vertrug sie nicht: »Längst haben sie auf dem Turm den auffälligen Mann bemerkt, der nicht zielstrebig einem Grab zusteuert, sondern umherstreunt, suchend sich umsieht, ein Schlenderer, ein Flaneur, (…), der zuviel Zeit zeigt, der Aufschriften liest, sich gar Notizen macht.«

Am Rand steht: »Nein! Streichen!«

Warum nur? Bewies das nicht die Wachsamkeit der Posten?

Eine schöne Stelle jedoch blieb unbeanstandet: »Eines Tages, etwa im Jahre 2679, wird in einem Feuilleton gefragt werden, wieso die Vorfahren ihre teuren Toten ausgerechnet in unmittelbarer Nähe ihrer Staatsgrenze beerdigten.«

Es dauerte nicht lange, »da nähert sich wachsam eine Doppelstreife von hinten. Der Mensch, der hier nicht unbefugt Eingetretene, im Vollbesitz seiner Papiere, läßt sich gern kontrollieren. Ist doch der Stellvertreter des Ministers für Nationale Verteidigung und Chef der Politischen Hauptverwaltung der Nationalen Volksarmee Admiral Waldemar Verner mit meinem Vorhaben einverstanden. ›Wer schaffen will, muß fröhlich sein‹, das hat Theodor Fontane gesagt.«

Den Admiral kannte ich vom Sehen.
 Da faßt sich unsereiner an den Kopf. Ein Minister muß genehmigen, daß Knobloch Fontanes Grab fotografieren darf?! Man käme sich dadurch wichtig vor, wäre man blöd. »Melde gehorsamst, daß ich blöd bin!« Schwejk sagte es. Mein erwählter Großvater.

Es sei an dieser Stelle erstmals mitgeteilt: Die Chefredaktion der »Wochenpost« lud zu den wöchentlichen Redaktionssitzungen gern Persönlichkeiten ein, die oftmals – dazu aufgefordert – unverblümter als gewohnt über ihr Fachgebiet berichteten. So auch eines Tages im Jahre 1962 der erwähnte Admiral Waldemar Verner. Er äußerte einen Satz, der hoffentlich den meisten Anwesenden nicht entging. Hinterher wurde darüber nicht einmal auf dem Flur gesprochen. Und als ich diesen Satz im November 1963 beiläufig bei einem Autorentreffen dem Chef des Militärverlages erwähnte, erbleichte dieser fast und meinte nur: »Das würde ich vor Journalisten nie gesagt haben …!« Was bedeutete, daß er diesen Satz längst kannte!
 Waldemar Verner hatte zur gewiß nicht zu Unrecht vermuteten militärischen Bedrohung aus dem Westen erklärt: »Unser Gegenschlag muß zeitlich früher kommen als der Angriff!«
 Und da er es nicht ohne sowjetische Erlaubnis hätte tun dürfen – war das nicht der wiederholte Überfall auf den Sender Gleiwitz? Es war die Kriegsdrohung, wie wir sie nie erwartet hätten von unserer Seite …
 Wobei dem betroffenen Volk immer erst hinterher mitgeteilt wird, wer wen angegriffen hat. Aber die Perversion der Generale bleibt. Wer weiß, wer derzeit gegen wen den Gegenschlag erprobt, zeitlich vor dem Angriff gelegen?

Da nie mit einem Autor, sondern nur mit dessen Vorgesetzten geredet wurde, bestellte sich jener Militär jemanden aus der Chefredaktion der »Wochenpost«, für die ich im zehnten Jahre meine Feuilleton-Rubrik schrieb, in der »Fontane« erscheinen sollte. Es war der mir freundlich verbundene Sigurd Darac, der in einem unbewachten Moment das corpus delicti vom Schreibtisch mitgehen ließ und, statt eine Strafversammlung abzuhalten, es mir zusteckte, stillschweigend, unter uns.

Im Frühjahr 1985 sprach sich herum, man könne wieder ungehindert auf die Friedhöfe an der Liesenstraße. Einige wollten wissen, das sei bereits am Totensonntag 1984 möglich gewesen.
Fontanes Urenkelin Ursula von Forster hatte meine »Wanderung« gelesen und einen Aufsatz, es war ihr letzter, an die »Fontane Blätter« geschickt hatte. Willkommene Ergänzung: »Der Chef des kaiserlichen Zivilkabinetts, Herr v. Lucanus, nahm an der Beerdigung teil, er hat zumindest dem Sohn Theo persönlich kondoliert und einen stattlichen Kranz überreicht, auf dem sich ein großes W in roten Blumen wirkungsvoll abhob. Über dieses Blumenarrangement machte sich der 11jährige Enkel des Dichters seine eigenen Gedanken. Zu Hause fragte er seinen Vater: ›Und der große schöne Kranz mit dem W drauf, der war doch von Wertheim?‹«
Emilie Fontane war nicht mit zum Friedhof gefahren. »Ihre Kinder wollten ihr die große psychische und physische Belastung nicht zumuten.« Ein junges Mädchen, das der Familie nahestand, die fünfzehnjährige Gertrud Mengel, blieb bei der Witwe: »Ihre Kinder hatten mir gesagt: ›Sei gut zu unserer Mutter‹. Es lastete auf meiner Seele, wie ich das tun sollte. Die Aufgabe wurde mir abgenommen. Die alte Frau trat ins Zimmer und sagte: ›Mein Kind, er hat auch dich sehr geliebt. Ich will dir seine schönsten Balladen vorlesen‹. Und mit fester Stimme las sie die Gedichte, die ihr am liebsten waren – eine mir unvergeßliche Totenfeier –.«
Fontanes Sohn Theo hatte gemeinsam mit seinem Bruder Friedrich die letzte Ruhestätte ausgesucht: »Anstatt der uns von der Friedhofsverwaltung zunächst angebotenen Stelle, die sich leicht zugänglich links vom Haupteingang nahe der Mauer befand,« –

diese Stelle wäre verhängnisvoll geworden. »Nahe der Mauer« hätte bedeutet, wir mögen es kaum weiterdenken, daß Theodor und Emilie Fontane heute ein Scheingrab bekommen müßten; wie Moses Mendelssohn, dessen Grab in der Großen Hamburger Straße 1943 von der Gestapo eingeebnet wurde.

Die Fontanesöhne wählten »in völliger Einmütigkeit eine andere mehr rechts gelegene, die durch eine sich sanft neigende Akazie beschattet war und in ihrer poetischen Wirkung ganz unserer Vorstellung für das Grab eines Dichters entsprach.« Die Söhne kommen und blicken vom damaligen Haupteingang Liesenstraße, während wir aus der entgegengesetzten Richtung auftauchen. »Wir wären wohl zu einem anderen Entscheid gekommen, wenn wir hätten ahnen können, daß der schöne Baum einige Jahre später gefällt werden mußte und daß zudem durch neue enge Gräber die Lage und Erreichbarkeit unserer Grabstätte arg beeinträchtigt werden würde. Bevor 1928 die französische Gemeinde entgegenkommenderweise nach Möglichkeit für eine Änderung sorgte, war in der Tat die letzte Bleibe des märkischen Wanderers nur schwer zu finden. Auch für mich mußte die Porträtbüste auf dem nahegelegenen Grab des Erfinders eines stenographischen Systems – Arends – immer eine Art Leitstern bilden.«

Sieben Jahre waren 1985 seit meiner ersten Wanderung vergangen ... Das Torhäuschen steht noch. Wieder wie damals zuerst nach links über den Friedhof der evangelischen Domgemeinde. Dort könnten die Gräber der Stenographen Stolze und Bäckler mit ihren Porträtmedaillons eine Auffrischung vertragen.

Ich bin ein Freund von Berufsangaben auf Grabsteinen. »Rudolf Rieck, 1831-1898«, sagt so gut wie gar nichts. Doch wenn da steht: »Stallmeister sr. Majestät des Kaisers Wilhelm I.« Rieck war siebzehn, als die Achtundvierziger ihre Barrikaden bauten und Prinz Wilhelm schleunigst aus Berlin entfloh; eine halbe Stunde lang könnte man sich Situationen ausmalen, in denen Rudolf Rieck Pferde bereithielt.

Weniger düster, hell und offen bietet sich der angrenzende französische Friedhof dar. Fontanes Grab. Es ist kein Kunstblumenzustand mehr, sondern freundlich bepflanzt mit Mignondahlien, Geranien, Fuchsien, Fetter Henne. Du Berliner Pflanze.

Etwa dort, wo ich damals kontrolliert worden bin, streift ein Streifenpolizist zwischen den Gräbern. Ich gehe so, daß ich seinen Rückweg kreuze. (Sage ich »Guten Tag«, oder klingt das nach Provokation? Warum überlegt man, ob man jemand grüßt?) Er ist kräftig, hat den dicken Oberlippenbart wie viele junge Männer und ein gerötetes Gesicht, wie einer, der die ganze Nacht durchgesumpft hat – oder Streifendienst getan.

Da ist noch mancherlei zu entdecken, nur Geduld; unter anderem David, ein Sohn von Franz Liszt, den ihm die Gräfin d'Agoult gebar, die seinetwegen Mann und Kinder verließ. Ja, es ist das weite Feld, von dem Fontane mehr wußte, und nun immer geradeaus, da kommt man zum Ausgang.

Den Weg zum Fontanegrab weisen neuerdings kleine Schilder. Der Stein ist restauriert. Die Umfassung ist neu. Zum 100. Todestag wird alles sehr schön und festlich aussehen, und nur ein paar alte Anwesende werden noch von der Mauer reden …

Zum 90. Todestag, am 20. September 1988, hatten sich rund dreißig Fontanefreunde am Grab eingefunden. Daß das möglich war! Pressevertreter waren erschienen, und ein echter Fontane-Nachkomme. Die Deutsche Staatsbibliothek ließ einen Kranz niederlegen.

Lieber Theodor Fontane, haben Sie nicht einen Satz für uns. Für uns heutzutage …

Er hat immer welche, denn er kannte die Menschen: »man flößt ihnen erst Respekt ein, wenn man ihnen den Beweis führt, daß man sich aus ihnen selbst, aus ihrem Geld und ihrer Gunst, aus ihren Ehren und Ämtern nicht das geringste macht.«

(1978, 1985, 1990, 1992)

Das nicht zu bändigende Museum

Nun hat es seit seiner Neugründung 1982 den fünften Standort in Berlin bezogen. Der ist wohl endgültig. Ich nannte es schon vor Jahr und Tag das »nicht zu bändigende Museum«, weil es immer wieder umziehen mußte und – trotz alledem! – weiterlebte. Seit 1925.

Ernst Friedrich (1984-1967), ein Davongekommener des Ersten Weltkriegs, hatte sich zu einem leidenschaftlichen Bekämpfer des Militarismus gewandelt. Er gründete das dem Frieden gewidmete Museum, trug Dokumente zusammen und stellte sie so eindrucksvoll aus, daß er, 13mal verurteilt, mehr als drei Jahre Gefängnis und Konzentrationslager bekam vor allem wegen Beleidigung der Reichswehr, der Großmutter der Bundeswehr.

Friedrich eröffnete sein Museum in einem winzigen Haus in der Berliner Parochialstraße. Draußen blühten in Stahlhelmen Blumen, drinnen zeigten grausige Fotos die sonst sorgsam vor der Öffentlichkeit verborgenen Gesichter Verstümmelter. 1927 schrieb Franz Leschnitzer (1905-1967) in der Weltbühne, der zuständige Minister »sollte mal sein heiles Nasenbein in Friedrichs Buch ›Krieg dem Kriege‹ stecken«. Diese Einladung sei heute weitergegeben zur Hardthöhe.

In der Nacht des Reichstagsbrandes (27. zum 28. Februar 1933) wurde auch Ernst Friedrich verhaftet und kam ins Konzentrationslager. Hitlers SA verwüstete die Sammlungen und folterte in den Räumen Andersdenkende. Auf Protest amerikanischer Quäker wurde Ernst Friedrich noch 1933 aus der »Schutzhaft« entlassen und konnte mit seiner Familie emigrieren. Das Archivmaterial war rechtzeitig über die Schweiz nach Belgien gerettet worden. In Brüssel führte er sein Museum weiter, bis er vor den 1940 einmarschierenden Deutschen verschwinden mußte.

Zum 15. Todestag Friedrichs, am 2. Mai 1982, gründete sein Enkel, der Berliner Lehrer Tommy Spree, das neue Museum. Er konnte dort vielerlei Altes und Neues aus dem Zweiten Weltkrieg zeigen. Ich begegnete erschüttert Spielzeugsoldaten, wie ich sie in der Kindheit geschenkt bekommen hatte.

Nach mehreren Umzügen besitzt das Museum seit kurzem eigene Räume. Zwei Schaufenster und darüber in roter Schrift

»Anti-Kriegs-Museum« – wie bei Ernst Friedrich, aus dessen Ur-Ausstellung noch Exponate zu sehen sind. Es ist auch Platz für eine wechselnde Ausstellung, derzeit Ghandi. Dessen Aufruf gegen die Wehrpflicht aus dem Jahre 1926 sollte heute zu den Abiturtexten gehören.

Unten ein echter Luftschutzkeller (1939-1945), der mit authentischen, zum Teil von der Bevölkerung geschenkten Stücken dennoch kaum vermitteln kann, wie es war. Vielleicht aber den Todeshauch. Eine inzwischen historische Tür, auf der die Schutzsuchenden jeden Fliegeralarm vermerkten, überstand die Umzüge. Bei Umgrabungen im Hof wurde eine deutsche Armeepistole gefunden. Ohnmächtig liegt sie in der Ausstellung.

Daß diese neuen Räume gekauft und hergerichtet werden konnten, ist dem großzügigen Testament des 1988 verstorbenen Nordberliner Schuldirektors Helmuth Meier zu verdanken. Mittlerweile trägt ein Gymnasium in Berlin-Treptow Ernst Friedrichs Namen.

Das Symbol dieses unentbehrlichen, von vielen Schulklassen besuchten Museums hat der Gründer einst entworfen: zwei Hände zerbrechen ein Gewehr. Oder ist es ein Eurofighter?

(1998)

Wallensteins Garten in Prag

Dieser Mann hatte Angst. Um seinen Garten ließ er die höchste Mauer ziehen, die man sich vorstellen, die er sich leisten konnte. Merkwürdig. Da besitzt einer fast unbeschränkte Macht. Er nimmt ein Gelände, läßt dort 26 Häuser und eine Kalkbrennerei abreißen und einen Palast errichten; aus drei vorhandenen Gärten wird ein ganz großer und bekommt die erwähnte Umfriedung, haushoch.

Der gutmütige Schiller hat diesen Kriegsmann aus patriotischen Gründen für die Bühne frisiert. Ich will ihn lieber Waldstein nennen und einen Mörder, also beim rechten Namen. Nur wer ein sehr schlechtes Gewissen hat und große Angst vor den Menschen, verkriecht sich hinter einer zehn Meter hohen Gartenmauer. Und hat es genutzt?

Heute ist der Garten in den warmen Monaten öffentlich zugänglich, und wer Glück hat, kommt zu einem Konzert zurecht. Es gibt einen Teich mit flacher Grasinsel zu betrachten, auf der Bronzefiguren Wasser spritzen; ein paar Schwäne und ein Kahn, der wird wohl nur für den Gärtner sein.

Kugelrund beschnittene Lebensbäume, bunt zu Ornamenten bepflanzte Beete, manch seltenes Gewächs. Doch auch hier Mauern; mit übermannshohen Baumhecken eingefaßte Wege, Enge. Wie für den Generalissimus gesetzt. Wußte er nicht, daß eine enge Allee gefährlicher ist als die offene Wiese? Hinter jedem Blatt kann sich jemand verborgen halten. Trug Waldstein einen Orden mit Espenlaub?

Mag sein, daß der steinerne Gartenwall auch die Kunstwerke beschützen half. Es sind Bronzen von großer Schönheit, aber auch voller Drohung. Man steht vor Kampf, Mord und Totschlag. Sogar das Pferd wird von einer Schlange gebissen (doch ein Prager Großvater setzt gerade seinen Enkel auf dieses grüne Spielpferd).

Der große Waldstein kam auch im Garten nicht ohne Gewalt aus. Der Beruf färbt den Menschen. Gar nicht davon zu reden, was Machtgefühle in ihm anrichten. Hier an der Mauer gibt es eine düstere Voliere, in der Vögel hocken und stinken und auffliegen können. Der Privatzoo. Wenn Waldstein zwischen seinen

Stauden marschierte, schätzte er den Anblick von Raubvögeln, um an sein Lebenswerk erinnert zu werden. Was mögen die Einwohner auf der anderen Seite des Gartens davon gewußt und vermutet haben? Wer hat einen Blick riskiert? Was hat er gesehen?

Ein unglaublich langes Stück Mauer, sie sieht wie eine erstarrte Moorpackung aus. Zehn Meter und höher. Über und über mit versteinertem Schlamm bekleckert, damit es wie Tropfstein wirkt. Und so sieht es auch aus. Es sieht sogar noch wie etwas ganz ähnliches aus. Aber Waldstein fand das schön. Es war ihm einst unterwegs etwas über Tropfsteinhöhlen erzählt worden, nun wollte er auch eine, aber im Freien, nach außen, weil das noch niemand hatte. Solche Großen ändern selber Kunst und Natur. Und es fand sich kein Mensch in seiner Umgebung, der einen Einwand wagte oder einen Rat. Weil jeder Angst hat. Sonst gehörte er nicht zur Umgebung. Insofern ist diese Wand aus Tropfstein, der keiner ist, das anschauliche Sinnbild sehr großer Macht.

Geschichtsforscher haben festgestellt, daß Waldstein die meiste Zeit außerhalb von Prag beschäftigt war. Sein Waffengeschäft erlaubte nur selten, daß er hierher kam. Unvorstellbar, daß er unter seinen Bäumen kein kugelsicheres Hemd trägt, sich nach Blumen bückt, nicht nur nach einer, und daß er sich Erdbeeren pflückt, unter der Prager Sonne in seinem Garten. Für ihn wuchs hier nur seine Angst.

(1975/1993)

Mauerstückchen

Ich habe versäumt, das Pickgeräusch der Mauerspechte aufzunehmen. Es wird einst zu den Stadtgeräuschen gehören, wird immer wieder, wenn ein Mauerjubiläum sich nähert, zu hören sein. Und in den Familien werden die Bröckchen vererbt werden wie Schmuck; es hängen an diesen Steinen unhörbare Geräusche, Seufzer und Weinen, auch Blut und Freudentränen.

Mir war nicht danach, mit Hammer und Meißel meinen Teil, der mir zusteht und den ich bezahlt habe, abzusplittern. Mir war eher nach Bücken zumute, denn im Staub lagen Teilchen, die keiner wollte oder gar zum Verkauf anbieten konnte.

An jenem Sonntag bin ich mit der U-Bahn bis Otto-Grotewohl-Straße gefahren, in Fahrtrichtung ausgestiegen, nicht ohne an mein »Stadtmitte umsteigen« zu denken, denn es ist, wenn auch mit anderen Stufen, derselbe Aus- und Eingang in die Vergangenheit. Endlich konnte man die Leipziger Straße bis zu ihrem Ende entlanggehen, den Paß vorzeigen, dann weiter, um plötzlich neben der Mauer zu stehen, zum Anfassen nah, und durch den breiten Spalt in die andere Stadt gelangen. Der ehemalige Potsdamer Platz wurde so überquert. So selbstverständlich. Das letzte Mal, an andere kann ich mich nicht erinnern, habe ich im harten Winter 1949 gemeinsam mit meinem Vater eine Karre mit Briketts in Richtung Stresemannstraße geschoben über diesen verkehrsleeren, weltbekannten Berliner Platz.

Da aber die Straßenlandschaft gerade hier so überschaubar ist, Ackererde, nicht einmal halbgefroren am Dezembertag, fiel der Blick nicht auf die westliche Seite der Mauer, an der Frühaufsteher pochten, sondern auf den nahen Horizont des Tiergarten. Lessing leuchtete. Sein Denkmal, das vor zwölf Jahren auf meinem Weg zu Moses Mendelssohn eine Entdeckung und Offenbarung gewesen war, schien diesmal fremd. Beim Nähern blickte die Umgebung anders; sie war restauriert. Mit Bänken für Nachdenker, Leser und Liebende. Jedoch Andere haben dem wehrlosen Lessing seinen Anzug angestrichen, halb schwarz, halb rot; das ist doch nicht zufällig? Sein Antlitz blieb frei. Ist das Toleranz? Oder wegen seiner Mahnung: »Sehe ich denn so verteufelt freundlich aus!«

Es war der Tag der Menschenrechte, an dem ich hier auftauchte, eingeladen, am 10. Dezember 1989 dabeizusein, als die Carl-von-Ossietzky-Medaille an Antje Vollmer und Friedrich Schorlemmer verliehen wurde.

Damals konnte noch keiner am Brandenburger Tor in die andere Halbstadt. Menschen standen und schauten; und zum Erblicken gehörten zwei Westberliner Polizisten zu Pferd auf ihrer Streife, und in Sichtnähe zwei DDR-Grenzer, die im Gespräch entlang der Mauer patrouillierten, ohne die Mauerspechte zu behindern, denn – und das wissen manche nicht –, noch ein guter Meter vor der Mauer ist DDR-Gebiet.

Auf dem nachdenklichen Rückweg zum Übergang Potsdamer Platz, wo an der Mauer Hochbetrieb herrschte, wo die Hämmer klangen und Väter ihren Kindern historisches Tun einzuprägen versuchten, indem sie den Meißel hielten, dort bewachte die Geschichte mit ihrer Ironie das Ganze, denn auch orientalische Familien waren tätig. Es war ihr gutes Recht als Einwohner, doch hatte es etwas Kurioses, denn sie waren erst wegen dieser Mauer, an der ihre Hämmer nagten, in diese westliche Stadt eingelassen worden, der seit 1961 die dienstbaren Geister fehlten.

Sie sollen bleiben, damit Berlin, seit 1685 zur Toleranz verpflichtet durch kurfürstliche Order, sich selber im Spiegel seiner Vergangenheiten in der Gegenwart ertragen kann.

Die aufgelesenen Bröckchen der Mauer, sorgsam eingeschweißt wegen ihres Asbestgehalts, schickte ich zum Neujahr an Freunde in ferner Nähe. Und habe zuvor auf diesem Nachhauseweg auf ein unberührtes Mauerstück meinen Namen geschrieben. Nicht zum Spaß. Sondern, weil ich etwas Verantwortung übernehme dafür, daß diese fürchterliche Grenze so lange stand.

Beim ersten Hinübergehen am Checkpoint-Charlie – nie zuvor erprobt, obgleich möglich gewesen – das Gefühl des Stehenbleibenmüssens. Denn von dieser ungewöhnlichen Position aus weckt der Blick auf die alten Redaktionsfenster Erinnerungen. Gehst du dort täglich ein und aus, kommt dir der Anblick des Gebäudes nie in den Sinn; ist aber der Platz davor eingezäunt, bebaut und abgesichert worden, ändert sich vieles.

Erst war es eine Soldatenkette am weißen Strich an der Zimmerstraße. Dann kamen Befestigungen. Dann wurde das Gelände weiträumig erfaßt – (LTI). Dann dröhnten die US-Panzer und Jeeps ihre Runde bis zur Schützenstraße und zurück. Schützenstraße – an einem dieser frühen Tage, das Mauer-Museum wird wissen an welchem –, traf ich einen Kollegen und wir stiegen an der Ecke Friedrichstraße in die 74, die damals noch durch die Leipziger Straße verkehrte. An der nächsten Ecke, wir standen im überfüllten Wagen, hörten wir Schüsse aus Richtung Grenze. Anderntags, oder war es noch abends, im Westberliner Radio. Es waren die Schüsse, die Peter Fechter trafen, einen jungen Mann, der im Grenzgebiet verblutete. Ich habe und behalte sie im Ohr.

Auf der Aus- und Einsichtsplattform in der Zimmerstraße stand Präsident Kennedy. Ein weißer Fleck, denn wir standen zu weit entfernt in der Mauerstraße, um ihn deutlicher sehen zu können. Es war uns untersagt worden, aus unseren Räumen deshalb auf die Straße, auf die Mauerstraße zu gehen; wir taten es dennoch und ungerührt. Das mag heute lachhaft klingen. Ihr wißt aber nicht, daß wir damit einiges riskierten. Also spottet nicht nachträglich.

Als Chruschtschow kam, er stieg vor dem Verlagsgebäude aus dem schwarzen Wagen, brüllten wir so laut aus den Fenstern, daß er aufblickte und lachte. Wir. Unser Schrei galt ihm. Nicht, weil er die Mauer erlaubt hatte, sondern weil er Stalin erledigt hatte. Für immer, wie wir hoffnungsvoll glaubten. Diesmal für immer, denn sein XX. Parteitag hatte uns im gleichen Jahr 1956 den Chefredakteur gekostet.

Am Ende dieses Jahres 1961, als es Weihnachten ward und die Menschen noch mehr weinten als im Herbst, habe ich für die »Wochenpost« einen Kommentar geschrieben im Angesicht der US-Panzer in der Zimmerstraße. Ihr weißer Stern – mir vertraut seit der Normandie, als er mir die ersehnte Niederlage des Krieges verkündete – war diesmal nicht die Botschaft von Bethlehem, sondern die von Bethlehem Steel. Es lag Krieg in der Luft.

Jedenfalls, und wenn sich nichts anderes zeigt, bin ich der erste, der noch im Jahre 1961 anstatt des Begriffes »Antifaschistischer Schutzwall« das Wort »Mauer« geschrieben und gedruckt bekommen hat. Das Kind beim Namen genannt. Ohne Umschweife.

Das Stückchen Übermut mit »Stadtmitte umsteigen« gelang. Die lesende Behörde fand nichts auszusetzen. Und bei dieser Gelegenheit muß einmal gesagt werden, daß dort nicht nur Finsterlinge hockten, die Sätze killten, sondern etliche wie unsereiner. Sie verstanden die Anspielungen, freuten sich an Schwejkschen Formulierungen und hätten, falls sie von höheren Vorgesetzten befragt worden wären, genau wie ich mit der Zunge in der Wange (tongue in cheek) geantwortet: Wieso, das spielt doch zu Zeiten von König Friedrich II, oder zu Zeiten der Befreiung durch die Sowjetarmee. Es gelang mancher Satz, und die Leser wußten, wie sie ihn zu lesen hatten.

Unerwartete Wirkung, noch im Frühjahr 1989: Beim anschließenden Gespräch sprachen Jüngere ihr Erstaunen, ja dankbare Freude aus: Sie hatten nicht gewußt, woher denn auch, daß es unter »unserem« Bahnhof »Stadtmitte« noch einen anderen gab, der genauso hieß. Das Gefühl der Zusammengehörigkeit, und sei es durch einen doppelten Bahnhof der Untergrundbahn.

Es ist auch nach Erscheinen von »Herrn Moses in Berlin« oft gestaunt und gefragt worden, wieso denn dieses Buch so erscheinen konnte. 1979. Ich weiß es auch nicht, denn im Verlag war gerade der Cheflektor, Heinfried Henniger, gefeuert worden, nein, von seiner Partei, der LDPD, abberufen in eine andere Tätigkeit: als untergeordneter Zeitungsredakteur im »Der Morgen«.

In meinem Buch über Moses Mendelssohn mußte das Wort »Valuta« gestrichen werden. Geschenkt. Und die Bezeichnung »Staatsdiener«, der nichts nützte, daß DDR-Soldaten bei irgendwelcher Belobigung nicht »Danke schön« sagen durften, wie jeder gebildete Mensch, sondern nach sowjetisch-zaristischem Vorbild als staatlicher Verbrauchsartikel »Ich diene der Deutschen Demokratischen Republik«. So macht man Untertanen.

Da war eine schlimme Stelle im »Herr Moses«, die ging so nicht. Der König Friedrich hatte seinerzeit erkannt: »Eine Privatperson ist nicht berechtigt, über Handlungen, das Verfahren, die Gesetze, Maßregeln und Anordnungen der Souveräne und Höfe, ihrer Staatsbedienten, Kollegien und Gerichtshöfe öffentliche, sogar tadelnde Urteile zu fällen oder davon Nachrichten, die ihr zukommen, bekanntzumachen oder durch Druck zu verbreiten. Eine Privatperson ist auch zu deren Beurteilung gar nicht fähig, da es ihr an der vollständigen Kenntnis der Umstände und Motive fehlt.« Das durfte man dem Volk natürlich auch zweihundert Jahre später so unverblümt nicht sagen. Dieses Zitat mußte weg.

Da habe ich es eben hundert Seiten später wieder eingebaut, an unpassender Stelle. Aber sie ist gelesen und verstanden worden. Und wenn ich nicht ganz auf dem Holzwege bin, trifft sie immer zu. Immer wieder.

(1990)

Abschied von dieser Hauptstadt

> *Heut haben wir diese,*
> *morgen jene Partei.*
> *In fünfzig Jahren*
> *ist alles vorbei.*
> Otto Reutter, 1919

Das langatmige »Berlin. Hauptstadt der DDR« tauchte plötzlich auf. Über Nacht. So klammheimlich wurden auch Straßen umbenannt. »Hauptstadt Berlin« hätte genügt als Unterscheidung, aber kenne sich einer aus mit den Superlativen und der Großmannssucht der obersten Parteiführung der größten DDR aller Zeiten. Jedes Stück Straße ohne Autoverkehr wurde zum »Boulevard«. Als ich daraufhin in einem Feuilleton formulierte: »Paris. Hauptstadt von Frankreich«, wurde mir das verübelt und gestrichen.

Diese Hauptstadt sollte ein Schaufenster sein gen Westen, wurde daher besser versorgt als der Rest des Landes und verwandelte sich somit in seine Kaufhalle. Supermarkt zu sagen wäre unzutreffend, denn als Berliner brachte man sich Briefumschläge aus Stralsund mit und fragte nach Autozubehör in Meerane. Die Menschen von außerhalb schauten nicht wegen des Pergamonaltars in diese Stadt. Das hatte etwas Peinliches. Denn während in anderen Ländern der Welt die meisten Einwohner ein bißchen stolz sind auf ihre Hauptstadt und sich wünschen, dort einmal spazieren zu gehen, wurde »Berlin« als überbetonte »Hauptstadt der DDR« zu einem Reizwort voll Unmuts für die meisten, die nicht hier wohnten. Für Berliner klang es gern wie »Halbstadt der DDR«.

Die tatsächlichen Ausländer, wenn sie in diese Hauptstadt reisten, konnte man in zwei Gruppen teilen. Die einen ergötzten sich am spät-deutschen Stechschritt Unter den Linden, andere wieder bekamen beim Anblick Altdeutscher Breecheshosen im Bahnhof Friedrichstraße (»Einreise«) Herzrhythmusstörungen und kehrten auf der Stelle um. – Was das Mahnmal Unter den Linden angeht, und wie immer es künftig genannt werden mag, nun von der Bundeswehr bedient – ich war noch nie im Innern. Man wird mich dort erst sehen, wenn endlich auch der unbekannte Deserteur in die späte Ehrung einbezogen worden ist.

Es gibt Kurioses in unseren Tagen. Ich schreibe diese Zeilen als DDR-Bürger. Sie lesen es – da bin ich Bundesbürger geworden. Über Nacht. Wir sollten aber nicht nur jubeln, sondern jene respektieren, die ehrlichen Herzens und ohne an Mitmenschen schuldig geworden zu sein an ihrem Staat hingen, der Deutschen Demokratischen Republik, arbeitend ihr Bestes gaben (Lebensjahre), und sich zumindest gekränkt fühlten, wenn Zeitungen ihren Staat ständig nur in Anführungsstrichen nannten.

Was bleibt? Der Fernsehturm! Er, hoffentlich nicht aus Asbest, könnte noch Olympiagästen zur Orientierung dienen. Was bleibt? Zunächst eine nur von den Betroffenen gespürte Teilung der Stadt auf dem Gebiet der Sozialversicherung, zum Beispiel. Was kommt? In die nun ehemalige Hauptstadt der DDR weht der Hauch der Weltstadt ohne Polizeistunde. Aber die Haare frisieren und die Füße pflegen lassen bis 22 Uhr, damit ist es nun vorbei. Das ist das Provinzielle, mit dem wir künftig in Berlin leben müssen. Fontanes »Heiteres Darüberstehen« gilt nach wie vor. Will erlernt sein. Denn mit der geistigen Kleinstaaterei ist es vorbei.

Werden wir allesamt denn nun doch die Hauptstadt Deutschlands? Als ich 1935 neunjährig aus der Residenzstadt Dresden vorgeprägt nach Berlin kam ..., aus einer Hauptstadt in die andere! Habe ich nicht in Berlin zu meiner sächsisch-weltoffenen Naivität jene respektlose Nüchternheit erlernt: (»Der Berliner zweifelt immer.«)? Ich streite heute nicht mit. Es ist mir im Altberliner Sinne schnurzpiepegal, wieviele Ministerien kommen oder gehen. Hauptsache, (Hauptsache!) jeder und jede und jedes Kind kann in Ganzberlin leben, wie sich das für einen Menschen gehört. Frei von Existenzangst, freizügig und friedfertig, frei von Furcht.

Da fällt mir ein ... Früher hießen wir doch Groß-Berlin. Da kam überhaupt niemand auf die Idee, herumzufragen, wo die deutsche Hauptstadt sei. Wir waren es.

(1990)

Ihr Tag stand lange fest. Um Mitternacht würde sie über die Grenze, die schon keine mehr war, eintreten. Aber wo? Ich ging zum Brandenburger Tor.

Ein warmer Wind wehte vom Tiergarten her. Kaum ein Laut. Der zunehmende Mond wollte ein gutes Omen sein für mein Konto, das sich mit dem Glockenschlag Zwölf der Marienkirche halbierte.

Wie der Weihnachtsmann kommt die D-Mark nicht. Aber vielleicht als tanzende Mänade? Als Weinkönigin auf bekränztem Wagen? Als Lach- und Weinkönigin? Als Mutter Courage? Als Model? Als Modell? Sie würde stabil einen Fuß vor den anderen setzen. Im Unterschied zum männlichen Dollar und sächlichen Pfund ist sie sprachlich eine Dame.

Ich blickte in die Nacht. Die großen Ferien hatten begonnen; erstmals waren außer den Schülern die Direktoren entlassen worden. Wir alle würden wieder rechnen lernen mit einer Unbekannten. Sie hatte nicht mitgeteilt, woran sie zu erkennen sei. Kam sie als die Grüne, die blitzschnell ein Auge zukneifen und mit dem Mundwinkel zucken konnte? Die Dame vom grünen Zwanziger. (Die Herren Zwanziger sind bereits tätig.)

Ganz ohne Personenschutz würde sie erscheinen. Ohne Angst vor den Leuten, die sie gewählt hatten, ganz souverän die Linden beschreiten; und mit einem Lächeln über den Alexanderplatz. Im Herbst, wenn die neuen Banknoten auftauchen, sind auf dem Tausendmarkschein die Brüder Grimm abgebildet. Märchenhaft.

Kein Sterntaler. Kaninchen sprangen. Es war schon mehrere Minuten nach der Zeit. Autos sausten. In keinem fuhr sie vor. Warum kam sie nicht? Es hatten sich in dieser Nacht, in der sich nicht nur das Jahr 1990 auf die andere Seite wälzte, noch mehrere Zuschauer eingefunden. Meist ältere Menschen, die lieber sehen statt glauben wollten; wie gewohnt.

Wir starrten in den finsteren Tiergarten, wo sogar die Unholde sich scheuten und die auf harten Bänken Schlummernden die Bundesbank bevorzugen würden. Die schöne Deutschmark war nicht zu sehen.

Aber dann, noch ehe es dämmerte, sah und begriff ich. Nicht sie kommt. Wir kommen. Es ist keine Eroberung, keine Hingabe, sondern das Ewig Weibliche zeigt uns – verzeihen Sie das harte Wort – die Instrumente. Da stand sie golden in naher Nähe, leuchtenden Antlitzes, und bot Umarmung an; uns und der Zukunft zugewandt steht sie und breitet die goldenen Flügel weit. Die Berliner kennen sie schon immer als Siegessäule.

(1990)

Berliner Grabstein I

Als nun die Zeit für unseren ehemaligen, über achtzigjährigen ersten Chefredakteur der »Wochenpost« gekommen war, legte er sich so zum Sterben, daß seine Urne am 7. Oktober beigesetzt werden konnte, der für sich Erinnernde der Jahrestag der Gründung der DDR bleibt.

Am Ende der Trauerfeier erklang auf Wunsch des Verstorbenen der Beatles-Song: »All you need is love«.

Raunte ein ehemaliger »Wochenpost«-Mann seinem Nachbarn zu: »Die ›Internationale‹ klingt heute so anders …«

(1992)

Berliner Grabstein II

Anzeigen leben. In letzter Zeit liest der Anzeigenleser in den Todesanzeigen – und nicht jeder Hinterbliebene kann sich eine leisten – ungewohnte Sätze: »Von der Angst um die Zukunft erlöst«, »Sein warmes Herz erfror in der Kälte dieser Zeit«, »Als man ihm die Arbeit nahm, nahm man ihm auch das Leben«.

Das müßte den heute Regierenden zu denken geben; das aber werden ihnen in fünfzig Jahren die Geschichtslehrer abnehmen.

Heute morgen wieder. »In dieser Zeit konnte er nicht leben.« Gültig für alle Zeiten. Aber vor 1990 hätte man einer Familie solchen Text in der »Berliner Zeitung« nicht gedruckt. Und das ist der Unterschied.

(1992)

IMMER DER NASE NACH

Anstatt zu schlendern am frühen Morgen, so kurz vor sieben, eilt der Spaziergänger seine Berliner Straße entlang; strebt dem Labor zu und denkt lieber an Angenehmeres, stolpert folgerichtig über den Stein des Anstoßes, den gibt's wirklich, und schlägt der Länge nach hin. Pardauz.

Nun ist es gar nicht einfach, diesen Vorgang, lies Vorfall, zu erläutern der Reihe nach. Zunächst der Ausruf: »Scheiße!«; aber da war keine dran schuld. Dann das Registrieren: Beide Knie, beide Ellenbogen und die linke Hand melden: »Alles klar! Offenbar nichts gebrochen!« Eine dieser Erfolgsmeldungen, denn selbstverständlich sind das rechte Knie und der rechte Ellenbogen abgeschürft und bluten etwas. Wie sich später herausstellt. Aber die Hose ist heil geblieben; ja, guter Stoff zahlt sich aus. Die Brille in der Brusttasche links blieb unbeschädigt. Der linke Daumen fühlt sich die nächsten beiden Wochen beeinträchtigt.

Zuletzt die Beschämung: Warum fällt unsereiner, der sich für einen gesetzten Menschen hält, hin, wie so oft als Kind? Die Mutter ist tot. Ruft nicht mehr: »Paß doch besser auf!« Oder der Vater: »Ja, Hinfallen will gelernt sein!« Man sollte gelernt haben …

Aber die Nebenmenschen, die im Augenblick erkannten Mitfußgänger und -gängerinnen, peinlich, wenn sie einem aufhelfen. Schließlich hat man sich ja nichts Ernstes getan. Aber das können sie doch gar nicht wissen …

Sie müßten doch erschrecken, wenn vor ihnen ein Mensch hinfällt. Da reagiert man/frau doch. Es waren etwa sechs Mitmenschen, die ihrer Haltestelle zustrebten im morgendlichen Tempo, neben mir. Und keine/keiner rief wenigstens: »Ach, haben Sie sich wehgetan?!«, was der passende Ausruf wäre. Zumindest bietet man eine hilfreiche Hand an, faßt den Gestürzten beim Arm: »Geht's wieder?« oder was man sonst so sagt, weil man miterschrickt.

Nichts dergleichen. Sie gingen alle ungerührt vorbei. Die jungen Frauen und die anderen Berufstätigen.

Ich war ohne Plastiktüte. Und bis zum Stadtstreicherdasein ist es eine Weile hin, wenn die Bundesregierung so will. Ich sehe wohl auch noch nicht aus wie ein Unberührbarer.

Jedenfalls niemand reagierte.

An anderen Tagen hatte ich um diese Zeit beobachtet, daß Beschäftigte aus der haltenden Straßenbahn über die Kreuzung zum Autobus rannten, der sie in die Nähe ihrer Arbeitsplätze bringen würde. Und zwar pünktlich. Solchen Anblick hatte es hier vor 1990 nie gegeben ...

Also ist es ein Vorgang neuer Art, wenn die jungen Dynamischen sich auf ihrem Eilweg zum Autobus nicht durch hinstolperfallende Altlast behindern lassen.

Zum anderen soll unsereiner zufrieden sein, wenn sich niemand kümmert. Wie leicht wird einem bei dieser Gelegenheit die Brieftasche gezogen.

(1992)

Als ich aus der Haustür kam, holte ich erst einmal tief Luft und bewegte Ober- und Unterkiefer. Es gelang ein Zähneklappern. Dann sprach ich in den Abend: »An, auf, hinter, neben, in; über, unter, vor und zwischen stehen mit dem 4. Fall, daß man fragen kann: wohin? Mit dem 3. stehen sie so, daß man nur kann fragen: wo?!« So hatte die Schule einst gelehrt. Das hält lebenslänglich. Und es fällt einem sofort ein!

Dann überquerte ich die Straße und sagte langsam und laut: »Die Grazien sind am süßesten, wenn sie uns von selbst in die Arme laufen. Sobald wir sie durch langes Warten kaufen, dann sind sie nicht mehr Grazien.« Das stammt von einem alten Griechen und gefällt mir so, daß ich es vor vielen Jahren auswendig lernte, ohne den Vers je verwenden zu können.

Der Zeitungsstand hatte schon geschlossen. Also zitierte ich in Ermangelung eines Skandals den ehrenwerten Victor Auburtin, der nun auch schon über sechzig Jahre tot ist: »Bescheiden steht am Straßenrand der Intellektuelle und wird mit Kot bespritzt von dem Mercedeswagen, in dem der Butterfälscher in die Oper fährt.«

Mit diesen drei Sätzen bin ich bislang durchs Leben gekommen. Aber heute nicht über den Bahnsteig. Die Leute sahen mich so seltsam an und traten beiseite. Ich merkte das nicht, sondern sprach ungewohnt laut erneut: »An, auf, hinter, neben, in …«, denn Besseres fiel mir nicht ein. Der Zahnarzt hatte gesagt: »Reden Sie viel und laut, gleich jetzt, damit Sie sich an die neuen Zähne gewöhnen.«

(1992)

Die schönen Umwege

Man sollte nicht ohne neuesten Stadtplan in der Tasche aus dem Haus gehen in Berlin. Und wer noch einen alten besitzt, zum Beispiel jenen der »Hauptstadt der DDR«, in der Westberlin so weiß und unbebaut wie Nordgrönland eingetragen ist, der soll ihn gut aufbewahren. In zehn Jahren glaubt uns das nämlich keiner mehr, und es wird ein Reprint erscheinen müssen.

Ähnlich war es mit dem »Stadtplan von Berlin«, den Anfang 1946 der Landkartenverlag Richard Schwarz druckte. Passend zum Neuanfang, denn nun sollte alles ganz anders werden, und die häßlichen, untragbaren Straßennamen zugunsten anständiger verschwinden. Der Verleger hatte sich in der neuen Verwaltung umgetan und auf seinem Stadtplan bereits die noch nicht bestätigten neuen Straßennamen eingefügt. In roten Klammern. Was wir nicht als Anspielung verstehen dürfen, wenn in Moabit die Kaiserin-Augusta-Allee samt Brücke plötzlich eine Thälmann-Allee ist. Selbstverständlich heißt sie noch heute Kaiserin-Augusta-Allee.

In Tempelhof konnte man schon theoretisch durch die Jack-London-Straße spazieren, die vormals Kaiserin-Augusta-Straße hieß. Und bei ihr blieb es. Ich habe nichts gegen die Kaiserin Augusta, die den Volksküchen der jüdischen Wohltäterin Lina Morgenstern manch namhaften Betrag übergab, um den heute besondere Bemühungen notwendig geworden sind.

Es sollte dort in der Nähe auch einen Franz-Werfel-Platz geben. Aber auch daraus wurde nichts. (Wer war denn das???)

Im Bezirk Prenzlauer Berg hatte es einen Döblinweg gegeben. Den hatten die Nazis umbenannt in Zeebrüggestraße, nach einem umkämpften Hafen im Ersten Weltkrieg. Nun sollte es wieder der Döblinweg sein. Doch längst, warum nicht, heißt er Schieritzstraße nach einem Mann, der in den letzten Kriegstagen 1945 eine rote Fahne zeigte, um Stunden zu früh, denn die SS brachte ihn um.

Und Döblin?

Wir irren wieder. Denn jener Weg war nach Emil Döblin benannt gewesen, einem 1918 gestorbenen Gewerkschaftsführer. Also nicht nach Alfred Döblin, der in diesem Berlin, das sich nach wie vor mit seinem »Alexanderplatz« schmückt, in Marzahn eine Straße und in Kreuzberg einen Platz hat.

Der überaus interessante Stadtplan von 1946 erschien 1988 als Reprint der Berliner Geschichtswerkstatt im damaligen Westberlin, die gleichzeitig mit einem Buch dokumentierte und resignierte, denn im Untertitel nannte es sich: »Keine Wendemöglichkeit für Berliner Straßennamen«. Das war nur für den Osten prophetisch.

Aber es gibt noch ruhende Pointen in der Stadt. Wer von Pankow mit dem 126er Bus über die Bornholmer Brücke fährt, über jene berühmte der Nacht vom 9. November 1989, liest: »Hindenburgbrücke« am Ost-Ende. Liest: »Bösebrücke«, wenn sie den Westen, den Wedding, erreicht. Dort hatte man sie 1948 nach dem hingerichteten kommunistischen Arbeiter Wilhelm Böse benannt. Und wer das nicht weiß, muß denken, sie sei doch eigentlich eine gute Brücke dieser seltsamen Stadt.

(1992)

Gemeinsames Idyll

Wie oft muß unsereins als Großstädter auf dem Weg in den Garten an einem Schild vorbei, das da lautet: »Täglich frische Landeier«? Schließlich zwingt es zum Anhalten. Ein Bretterzaun vor einem Stück Feld mit Wald. Das Tor weit geöffnet. In Sicht landwirtschaftliche Gebäude, größere Schuppen; eine Werkstatt dabei. Aber kein Mensch.

Langsam nähern. Stehenbleiben vorm nächsten Eingang. Der weit offen steht. Aber da erscheint in behutsamem Trab, der auf innerer Stärke beruht, ein stummer, dennoch deutscher Schäferhund. Beschnüffelt des Wehrlosen Schuh, Hose und den Behälter für ein Dutzend Eier. Man trägt ja so etwas immer bei sich.

»Guten Tag, Hund«, sage ich. Bewährte Anrede. »Ich will bloß Eier kaufen«, und zeige ihm die innere Harmlosigkeit des eiweißen Behältnisses. Weiß ich, bei wem er vormals beschäftigt war? Er macht kehrt und bellt laut. Behutsamen Schrittes folgt ihm der Großstädter. Es erscheint ein junger Mann. Schwarzer Hut mit breiter Krempe. Seine Nickelbrille macht ihn zum milden Gitarristen einer leisen Band. Falls es so eine gibt.

Nun gehen wir drei in einen kleinen Schuppen, wo eine ungeheure Menge ungezählter Eier liegt. Preiswert sind sie. Und innen – wie sich später herausstellt – richtig dottergelb. Das kann nur an der befreiten Erde liegen und an den unabhängigen Hühnern, die seit neulich, in Freiheit aufgewachsen, sich ihr Futter selber wählen dürfen im Schatten dieser nicht einmal überprüften Lindenbäume im Berliner Norden …

Daher erscheine ich dort immer öfter. Wagte neulich, als Kunde, die Frage: »Kann man bei Ihnen auch ein richtiges Suppenhuhn kaufen?« »Suppenhuhn« ist nämlich nicht bloß ein Schimpfwort, sondern etwas für Reis und ergibt gute Brühe. Aber man bekommt es nirgends in ursprünglich ländlicher Qualität. So super ist kein tiefgefrorener, kalter Markt. Er antwortete: »Gern, wenn Sie es selber totmachen.« Aber ich kann doch kein Huhn totmachen! Er: »Wir können es auch nicht!«

Und das tröstet ein wenig bei wachsender Gewalt in diesem neuen Deutschland.

(1992)

GRAB UM GRAB

Die folgende Episode verdanke ich einer Angenehmen, die sich nicht auf alles mit mir einlassen wollte, was ich ihr fast verzeihe, weil sie mir als Äquivalent diese vermutlich wahre Begebenheit bot.

Also: ihr Vater war bald nach Kriegsende 1945 verstorben. Als Jahrzehnte später ihre Mutter dort beigesetzt wurde, kam der Tochter die Grabstelle irgendwie seltsam vor. So gar nicht wie sonst. Aber wer fragt schon am offenen Grabe nach Details.

Später allerdings, als sie es genauer wissen wollte, stellte sich heraus, daß bei der allgemeinen Unordnung nach dem Krieg das Grab des Vaters nicht so sorgfältig registriert worden war wie notwendig.

Deshalb war nun die Mutter eine Stelle weiter geraten. In das Grab nebenan. Dort war vormals, wie die Verwaltung nachweisen konnte, ein Mann beerdigt worden. Nicht auszudenken!

Aber so etwas kommt vor.

Was nun? Umbetten? Neue Papiere. Behördenwege.

»Nein«, entschied die Tochter und ließ alles so, wie es war. Und zu mir: »Das geschieht meinem Vater recht! Zeitlebens hat er meine Mutter mit so vielen Frauen betrogen. Da soll seine Frau jetzt bei und mit einem anderen Mann liegen bis in alle Ewigkeit.«

(1991)

SIGNAL IM ALLTAG

Der junge Mann war vorsorglich für den Wetterumschwung angezogen, als er sich gegenüber in der U-Bahn (Richtung »Alt-Tegel«) auf den Sitz fallen ließ. Nicht breitbeinig, wie viele wegen ihrer Hodenentzündung sitzen, sondern ganz natürlich. Er hielt einen leeren Zigarettenkarton, riß ihn mit Sorgfalt an allen Seiten auf und besah eindringlich das weiße Innere, als stünde dort eine Botschaft verborgen.

Er glättete den Karton mit unüblicher Behutsamkeit zu einem Blatt und fischte aus seiner weitgereisten Tragetasche einen Filzschreiber von Vibratorformat. Zog damit am linken Rand des Kartons einen Längsstrich, dick und schwarz, und verstärkte ihn mehrfach. Ein Preisschild für den Flohmarkt! Aha!

Nun war der Strich dick genug und ganz schwarz. Etwa so, wie ihn hell leuchtend die Straßenbahn zum Losfahren an der Kreuzung bekommt. Solchen Balken, nur schwarz und etwas länger, zog jener über seinen Karton.

Dann setzte er in der Mitte an. Zu einem K? Nein. Es wurde ein Querstrich. Dann noch einer längs.

Ein H. Wie HILFE oder HÖRT? Solche Zeichen stehen neben den Gleisen der Untergrund- und Deutschbahn und bedeuten vermutlich etwas …

Er malte unverdrossen. War womöglich unterwegs zu einer Demonstration, von der wieder einmal vorher lieber nichts im Blatt gestanden hatte? Sollen wir Gegen etwas sein oder Für?

Sein großes H rief HALT. Täglich gibt es in der Bundeshauptstadt Grund genug, HALT zu rufen?

Er malte weiter. Zog wieder einen Längsstrich. Aus dem entstand – da hätte ich aussteigen müssen. Widerstand aber dem Termin. Wollte es wissen.

Es wurde wieder ein H. Warum? HaHa! Als der oft zitierte gesunde Menschenverstand noch überlegte, wurde erkennbar, was einer mit stummem HH wollte an einer nördlichen Autobahnausfahrt und hoffentlich sein Ziel noch erreichte, heute Nacht. Manche Autofahrer sind hilfreich und gut. Und mutig.

(1998)

BRECHT ZUM 100STEN

Seinen Namen hörte ich mit 23 Jahren zum ersten Mal. Hitlers Schule und Nachfolger hatten ihn mir vorenthalten. Ich sah eine der ersten Vorstellungen der »Mutter Courage« die uns Überlebende des Krieges anrührte; mich dermaßen, daß dieses Stück als Theatererlebnis wohl unüberbietbar bleiben wird, denn das heutige Theater behagt mir kaum. Dann sein zu »Kaukasischer Kreidekreis«, an dem mich die verschnörkelte Ferne störte. Konnte er sich nicht deutsch-tschechisch in Oberwiesenthal zutragen? Unvergessen »Arturo Ui« und das »Gute Mensch von Sezuan«; danach wurden mir Brechts Spiele immer weltfremder.

In jenen Jahren gab es den alten Film »Dreigroschenoper« ein paarmal zu sehen. Große Erwartungen. Ältere Kollegen waren hingerissen. Weil er ihre jungen Jahre berührt hatte. Mich überhaupt nicht. Das Stück ist banal. Nur ein paar songs, und auch sie wirken nur durch die Interpretin, blieben übrig.

Brecht, für mich sind das eher ein Dutzend Gedichte und seine »Schwierigkeiten beim Schreiben der Wahrheit«, die mir früher nützten und heute erst recht!

Einmal sah ich Brecht live, wie das heute heißt. Bei einer Pressekonferenz. Es mag 1955 gewesen sein. Nach einigem Hin und Her fragte der Vertreter des »Spiegel«: »Meinen Sie nicht, Herr Brecht, daß man als Vater seinen Kindern mal eine runterhauen sollte, wenn sie ungezogen sind?«

Brecht antwortete, er sei überhaupt und immer dagegen, ein Kind zu schlagen. Ob das Theaterdonner war, müßten seine Kinder beantworten können.

(1998)

Vom Umgang mit Büchern und Autoren

Vor fünfzig Jahren war ich zwanzig und deutscher Kriegsgefangener. Zuerst in den USA, unter anderem in Alabama, wo wir Mais, Zuckerrohr, Erdnüsse und Baumwolle ernteten. Dort kam mir die Idee, ich müsse darüber einen dicken Roman verfassen. Das Beste, das mir dazu einfiel, war der Schutzumschlag.

In Schottland, irgendwie hatten wir englische Bücher bekommen, las ich, und stahl es später, ein Buch mit dem schönen Titel (zu deutsch) »Die Liebes-Lady«. Abgesehen vom Inhalt beeindruckte mich der Name des Autors. Er hieß Knoblock!

Das waren Impulse genug, es selber zu versuchen. Doch zunächst war der ersehnte Zeitungsberuf zu erlangen. Eines Tages war ich Feuilleton-Redakteur und bekam es mit Schriftstellern zu tun ... Mancher vertrug meine Kürzungen, mancher bat um telegrafische Überweisung des Honorars. Ich lernte, daß die Zeitung eine wesentliche Quelle des Lebensunterhalts der Schreibenden bedeutet. Daran hat sich bis heute nichts geändert.

Mein erstes Manuskript lehnten drei Verlage ab. Doch ich blieb hartnäckig. Gab es dem Vierten. Der nahm es. Für spätere Jahre, als ich Feuilletonchef war, hatte ich gelernt: Jedes abgelehnte Manuskript ist eine zerstörte Hoffnung.

»Was die Schriftsteller anbelangt«, schrieb Baudelaire, »so liegt ihre Preiskrönung in der Schätzung durch ihresgleichen und in der Kasse der Buchhändler«. Er hat die Verleger weggelassen.

Der erste Verleger, mit dem ich als Autor zu tun bekam, fragte mich, was mein Buch kosten solle. Das war, wie ich später erfuhr, ein uralter, in der Branche vorgeschriebener Brauch, der längst ausgestorben ist. Völlig verblüfft antwortete ich nicht, mein Werk müsse in Ballonseide gebunden werden und etwa 98 Mark kosten, sondern sagte, der Preis solle so sein, daß viele Menschen mein Buch kaufen würden und könnten. Was Verleger bis heute am meisten an uns Autoren schätzen, ist unsere Naivität.

Als ich auf die Idee kam, einen Roman zu schreiben, suchte ich nach dem geeigneten Helden. Damals, vor dreißig Jahren, waren in der DDR-Literatur Stahlschmelzer, Rekord-Maurer und eifrige Kuhmelker bevorzugte Figuren. Ich aber brauchte einen, der viel wußte, der auf allen Gebieten zu Hause war und sein konnte, dem man solche Allgemeinkenntnis abnahm, der sich außerdem im Leben auskannte, und noch mehr wußte, als in den Büchern steht. Also einen Buchhändler. Ich taufte ihn »Bütten«, weil das nach gutem Papier klingt. In der Buchhandlung ließ ich mich beraten, wußte bald über die damals bei der Inventur zu zählenden Reclam-Sterne Bescheid, verfaßte mit diesem Helden als Ich-Erzähler noch einen zweiten Roman, der in einer großen Buchhandlung spielt und fünf Jahre lang nicht erscheinen durfte – jedenfalls fragt man mich bis heute, wo ich Buchhändler gewesen sei.

Ein tschechischer Roman, der vor vierzig Jahren in deutscher Übersetzung erschien, erzählt im Roman die Entstehung eines Romans. Der ihn unter Entbehrungen Schreibende erlebt, daß ihm der Krämer an der Ecke, ein Herr Pecha, ohne viel Worte Kredit gibt. Dann heißt es: »Es lohnte zu schreiben, es lohnte, sich bis zur völligen Erschöpfung für alle diese Herren Pechas anzustrengen, die am Ende meiner Erzählungen oder Romane vielleicht nur sagten: ›Sapperlot, wenn ich ihn kennen täte, gäbe ich ihm, was er braucht, grad so, als wär er mein Bruder.‹ Denn wenn diese Menschen einmal einem Unbekannten gegenüber, der sie irgendwie erfreut hat, Brüderlichkeit empfinden, so werden sie vielleicht lernen, sie allen gegenüber zu fühlen, auf die sie angewiesen sind und mit denen sie leben müssen.« Soweit das Zitat von Václav Rezáč, nach dem in Karlsbad ein Platz benannt ist.

Wir hatten uns zu DDR-Zeiten an Buchbasare gewöhnt. Am 1. Mai in Berlin oder Anfang Juli in Rostock, Wismar und Stralsund; Hunderte wollten ihr Buch signiert haben. Das hat nicht aufgehört. Ob in Moabit oder am Rosenthaler Platz, Menschen bringen von daheim eine Ladung Bücher mit, die es bestenfalls noch antiquarisch gibt. Was die Basare angeht, ein junger Mann schenkte sich nach bestandenem Staatsexamen selber ein Buch. Eine Frau, die sofort im Gedränge verschwand; doch ihre Worte sind unvergessen: »Mit Ihrem Buch haben Sie mir einen Tag im Krankenhaus abgenommen!« Ein Leser schrieb, er habe mit blockierten Herzgefäßen in der Klinik auf dem Rücken liegen müssen, ziemlich reglos. Lesen durfte er. Und mußte über eine Pointe derart lachen, daß sich in ihm die Gerinnsel lösten, er zunächst gerettet war. Will unsereiner mehr?

Man möge verstehen, daß ich nicht Teile meines Lebens als DDR-Autor weglasse. Ich wäre ja meschugge, mich selber zur Unperson zu machen ...

Zwischen Buchlesungen in Ost und West gab es einen hübschen Unterschied. Im Osten, wo Lesungen kaum in Buchhandlungen, eher in Bibliotheken stattfanden, bekam man zum Schluß einen Blumenstrauß. Wie ein richtiger Künstler. Ich nannte sie »Dichterblumen«.

Im Westen gab es keine Blumen, sondern hinterher Wein. So hatten alle etwas davon. Und je weiter südwestlich man kam, gab es dazu Laugenbrezeln. Ein ungeahntes Erlebnis!

Ein unbekannter Autor schrieb vor über zweihundert Jahren: »Wir haben eine Menge Deutscher, deren Hauptbedürfnis lediglich Tinte, Papier und Federn sind im ganzen Jahr; die Tintenflasche ist ihr Freudenbecher, die Leipziger Messe ihr Fasching, und eine Stelle in einem beliebten Journal ihre höchste Glorie. Die Mehrzahl sitzt bei Käse, Brot, Bier und Pfeife, während ihre Herren Verleger Fasanen fressen und Burgunder saufen.«

Hätte ich doch lieber Verleger werden sollen?

Vormals waren Autor, Drucker, Verleger und Buchhändler oft eine Person. Wie zum Beispiel der Nürnberger Buchhändler Palm, der in seinen Schriften Napoleons Herrschaft angegriffen hatte. Palm wurde 1806 auf Befehl Napoleons standrechtlich erschossen – auch eine Form der Zensur – und dadurch zum langlebigen Märtyrer in deutschen Schulbüchern, aber auch im Wiener Literatencafé. Dort saß der Satiriker Roda Roda und formulierte: »Man muß an Napoleon mit Sympathie denken: er hat einen deutschen Verleger erschießen lassen.«

Wir kommen zur Abrechnung. Unlängst wurde ich irrtümlich zur Eröffnung einer namhaften Bank eingeladen. Man hielt mich, welch ein Trugschluß, für reich. Dort aber sah ich keine Verleger, keine Sortimenter, speiste köstliche Weißwurst und anderes mehr, trug meinen Teller zu einem Stehtisch; an den trat essensfroh ein gutangezogener Herr, der sich später als Wirtschaftsprofessor outete und mich sogleich fragte: »Sind Sie auch im Investment tätig?« »Nein«, beantwortete ich seine Drohung, »ich bin Schriftsteller«. Worauf er sich abwandte und sich nur noch mit Wert-volleren Menschen unterhielt.

Der gute Christian Fürchtegott Gellert, Lessings Zeitgenosse, wie jeder weiß, schrieb einst dreist und gottesfürchtig: »Ein rechter deutscher Autor muß keine Oster- und Michaelismesse vorbeilassen, ohne etwas herauszugeben, wenn es auch nur ein Werk von zwei Bogen wäre. Nein, nein, ich lasse mir mein Recht nicht nehmen, ich schreibe, solange ich gesunde Hände habe. Es ist gar zu hübsch, wenn man sich in den Meß-Catalogo, bald darauf in den Zeitungen und in den Journalen, und endlich in den Händen der Welt sieht.«

(1997)

WENN WIR VORLESEN GEHEN

Zu meiner ersten öffentlichen Lesung erschien kein Mensch. Nun konnte es nie schlimmer kommen! Das wußte ich, als ich dreißig Minuten später mit dem Dichterblumenstrauß meinem Hotel zustrebte. Unangenehm war es natürlich für die Veranstalterinnen, die ich zu trösten versuchte. Als die freundlichen Damen im November die Lesung wiederholten, fiel an diesem Tage der erste Schnee. Niemand außer uns betrat die Bibliothek.

25 bis 80 Zuhörer sind wohl für meine Texte die ideale Menge. Es kamen aber auch schon 150 und bei anderer Gelegenheit vier – da setzten wir uns in eine Ecke und es wurde ein Gespräch, wie es das mit einem Dutzend kaum geben wird.

Im Laufe der Jahre: Zu zwei Lesungen kam ich nicht. Man hatte vergessen, den Autor einzuladen! Wer aber ist schuld? Völlig klar, der nicht erschienene Schriftsteller.

Er kommt beizeiten und prüft zunächst seinen Stuhl. Der ist meistens der bequemste und vornehmste Sessel des Hauses. Von wegen! Man versinkt darin. Der Bauch drückt alle Leseluft aus der Lunge. Wer kann da noch reden, geschweige denn vorlesen? Daher holt sich der Autor einen harten Stuhl aus der ersten Reihe.

Der Tisch, meist wackelnd, ist zu prüfen, ebenso das Licht, denn wir müssen unsere Buchstaben schließlich noch erkennen, auch wenn wir unseren Text beim Vorlesen verändern, Druckfehler bemerken und finden, daß es doch etliche überflüssige Sätze gibt.

Außerdem braucht der einleitend als Genie vorgestellte Autor Mineralwasser in einem möglichst schweren Glas, damit es nicht umkippt, wenn er wie gewohnt mit den Händen redet.

Vor fremdem Publikum hat sich als Einleitung bewährt: »Ich bin in Dresden geboren, aber Sie hören es nicht mehr!« Wehe, falls ich diesen Satz in Dresden sage, falls ich je dorthin eingeladen werden sollte.

Wenn das Vorlesen endlich zuende geht, teilen Könner unseres Faches das den Zuhörern mit: »Und nun als Letztes ... Hörbares Aufatmen und Aufwachen im Publikum. Doch nun folgt, wie zu Beginn angekündigt: »Freundlicherweise hat sich unser Gast bereiterklärt, Ihre Fragen zu beantworten!« Jetzt beginnt der Streß.

Die Menschen reden hier nämlich so leise, daß es die Nachbarin, aber unsereiner nicht versteht.

Die wenigsten Autoren, wenn sie die ersten Sätze zu Papier bringen müssen, ahnen voraus, daß sie in die Lage kommen könnten, vor einem Publikum daraus vorlesen zu müssen. Das ist eine Art mündliche Prüfung im Schriftlichen.

Aber, liebe Menschen, die ihr zuhören kommt: Ihr empfangt es live, wie das heute heißt. Es kommt im Originalton zu euch. Mit der Betonung des Verfassers, der Verfasserin. So hörten wir es in unserem inneren Ohr, als wir es aufschrieben. Für uns. Und für euch. Und so lesen wir es euch vor.

Dennoch ist jede Lesung anders und das Publikum unberechenbar. Wer nicht weiß, worüber er sich mit einem Schriftsteller unterhalten soll, frage ihn nach seinen Erlebnissen als Vorleser.

(1998)

Anmerkungen

Mein letztes Stündlein: Die erste Fassung vom 25. Juli 1975 in: »Der Blumenschwejk«, Feuilletons, Briefe und eine Erzählung, 1976. Die vorliegende, wesentlich erweiterte Fassung ist unveröffentlicht
Manchmal kommt es anders: »Wochenpost« Nr. 41/1992
Schopenhauer: »Wochenpost« Nr. 37/1985. Dann in »Im Lustgarten«, 1989
Hoffmann, sehr lebendig: entstand Anfang 1993 für »E.T.A. Hoffmann, ein Projekt« – Komposition, Essay, Grafik – des »Bürgerhaus 141 Grünau«, Berlin
Die Elisabethkirche: »Geo Special – Metropole Berlin«, vom 6. Februar 1991
Märzgedanken: »Im Lustgarten«, 1989
Das echte Scheunenviertel: »Wochenpost« Nr. 6/1992
Variationen über Mendelssohn: »Im Lustgarten«, 1989
Wenn die Albrechtstraße erzählt: »Wochenpost« Nr. 51/1992
Viele Deutsche hießen Wilhelm: »Wochenpost« Nr. 11/1992
In der Straße seiner Jugend: »Wochenpost« Nr. 38/1989
Im Hebräerland: Als »Mit Else Lasker-Schüler« in »Im Lustgarten«, 1989
Umwege zu Paul Levi: bisher unveröffentlicht.

Quellen:
Sibylle Quack: »Geistig frei und niemands Knecht«, Köln 1983
»Meine liebste Mathilde«, 1987. Ein Literaturverzeichnis wurde damals nicht gestattet. Offenbar wegen der zahlreichen westlichen Schriften über Rosa Luxemburg und ihre Freunde.
Die »Mathilde-Jacob-Bibliothek« im Berliner Stadtbezirk Hohenschönhausen bekam am 8. März 1988 auf Anregung der Bibliotheks-Direktorin Liesbeth Mühle zum 115. Geburtstag der Freundin Rosa Luxemburgs diesen Namen.
»Von Rosa Luxemburg und ihren Freunden in Krieg und Revolution 1914-1919«, Hrsg. und eingeleitet von Sibylle Quack und Rüdiger Zimmermann. In: IWK Internationale wissenschaftliche Korrespondenz zur Geschichte der deutschen Arbeiterbewegung, 24. Jahrgang, Heft 4, Dezember 1988
Die Auszüge aus Mathilde Jacobs Briefen an Jenny Herz sind abgedruckt mit freundlicher Genehmigung von Sibylle Quack.
»Rosas liebevolle Äußerungen« in »Wochenpost« Nr. 40/1987. Zitate aus: »Rosa Luxemburg an Paul Levi. Ein Nachtrag«. Von Sibylle Quack in: IWK, 23. Jahrgang, Heft 2, Juni 1987
Bertold Jacob Salomon (1898-1944). Über sein Grab siehe »Berliner Grabsteine«, 1987
Paul Levi: »Der Jorns-Prozeß«, Berlin 1929
Charlotte Beradt: »Paul Levi«, Frankfurt am Main 1969
»Ein Buch, Briefe und mehr« in: »Wochenpost« Nr. 2/1989. Die »Gegenrede« in: »Wochenpost« Nr. 6/1989

Über den britischen Soldatenfriedhof siehe »W. Barker« in: »Berliner Grabsteine«, 1987

Ekkehard Schwerk: »Ein deutsch-deutsches Unikum in Wilmersdorf«, in: »Der Tagesspiegel«, 20. Dezember 1986

Mathilde Jacob wird mittlerweile geehrt durch eine Gedenktafel am Rathaus Tiergarten. Dessen Anschrift lautet: Mathilde-Jakob-Platz Nr. 1.

Oranienburg immer weiter: Entstand 1988/89 für das Buch »Berliner Ring« der (40.) Berliner Festwochen. Bilder und Texte, herausgegeben von Ulrich Eckhardt, Stefanie Endlich und Rainer Höynck. Drei Maler und eine Fotografin aus West-Berlin, und drei Autoren aus Berlin (DDR) waren beteiligt. Als das Buch erschien, war der Berliner Ring der Autobahn nicht mehr DDR-Gebiet. Daher ist dieses Buch ein historisches Unikum: von den Ereignissen überholt.

Der zweite Tag von Potsdam: bisher unveröffentlicht

Wo in Pankow war Weber? Zuerst erschienen: »Wo war Weber in Pankow?« In: Das Magazin Nr.6/1983.

»Mein vielgeliebter Muks«, hundert Briefe Carl Maria von Webers an Caroline Brandt aus den Jahren 1814-1817, erstmals aus den Quellen herausgegeben im Auftrag der Deutschen Staatsbibliothek Berlin/DDR von Eveline Bartlitz. DDR/Berlin 1986.

Knobloch: »Bei uns in Pankow«, in: Berliner Fenster, Halle/Leipzig 1981

Leises vom Flüsterbogen: »Wochenpost« Nr. 17/1991

Wenn wir uns entscheiden: »Neue Zürcher Zeitung«, 8. Februar 1992

Der alte Schulweg: »Wochenpost« Nr. 1/1992

Im Lustgarten. Mit mir: »Wochenpost« Nr. 2/1990. Auch in: »Im Lustgarten«, 1989

Bröckchen aus der Brunnenstraße: 1988 kam es durch Anregung der Fotografin Nelly Rau-Häring zu diesem Spaziergang beiderseits der Mauer, der unveröffentlicht blieb und auch nach dem Wegfall der Grenze nicht bearbeitet wurde.

Die damalige Heinrich-Heine-Buchhandlung am Rosenthaler Platz heißt heute »Buchhandlung Starick«, sie mußte ihren Namen aufgeben, denn es gibt seit Kriegsende im Bahnhof Zoologischer Garten eine nach dem Dichter benannte Buchhandlung.

1998: Die Heinrich-Heine-Buchhandlung im Bahnhof Zoo ist längst beseitigt; die »Buchhandlung Starick« zog um die Ecke und befindet sich nun tatsächlich in der Brunnenstraße. Nach Heinrich Heine aber heißt heute keine Buchhandlung mehr in Berlin ...

Wie wir Wieland zu Grabe trugen: »Wochenpost« Nr. 47/1989

Fontane in Berlin: »Sibylle« Nr. 2/1991

Wege zu Fontanes Grab: Die »Wanderung zu Fontanes Grab« entstand im Sommer 1978, durfte aber nicht gedruckt werden. 1980 gab ich das Manuskript der Zeitschrift der Akademie der Künste (DDR), »Sinn und Form«; dort erschien es im Augustheft.

Zugleich nahm ich den Text auf in mein Buch »Berliner Fenster«, das 1981 im Mitteldeutschen Verlag, Halle-Leipzig veröffentlicht wurde. Dort heißt es im Klappentext: »Ihm gelingt, Fontanes Grab zu besuchen.«
»Radio Bremen«, als hellhörig bekannt, machte aus der »Wanderung« ein Feature (Günter Demmin), das nach und nach bis nach West-Berlin gelangte, in dessen »Sender Freies Berlin«. 1984 erschien die »Wanderung zu Fontanes Grab«, leicht verändert, im Sammelband »Angehaltener Bahnhof« beim Verlag Das Arsenal, Berlin (West). Man muß für jenes letzte Jahrzehnt der Teilung zwischen Berlin/DDR und Berlin (West) unterscheiden, denn wie lange wird es dauern, da findet sich keiner mehr zurecht.
1987 – beide Berlin begingen getrennt das 750. Jahr ihrer Stadt – nahm ich die »Wanderung« auf in meine »Berliner Grabsteine« im Buchverlag Der Morgen. Ein Buch, das die Westberliner Friedhöfe nicht wegließ. Wieso sollten meine Vorgänger und Anreger, Kollegen und Vorbilder Glaßbrenner, E.T.A. Hoffmann, Chamisso, die Varnhagens oder der hingerichtete Theologe und Kriegsdienstverweigerer Hermann Stöhr plötzlich Deutsch-Ausländer, weil Westberliner sein?! Das Buch erschien so, wie es konzipiert war!
Zur »Wanderung« gehörte dabei »Wieder an Fontanes Grab«, Ein auch zuerst in meiner ständigen Rubrik in der »Wochenpost« Nr. 34/1985, veröffentlichter, später ergänzter Text. Aus diesem Buch, 1990 im mittlerweile Morgenbuch Verlag umbenannten Haus erneut erschienen, wird hier aus der Nachauflage von 1991 mit freundlicher Genehmigung des Morgenbuch Verlages Volker Spiess zitiert.
Als Lizenzausgabe im erwähnten Verlag Das Arsenal, der mit seiner Lizenzausgabe »Herr Moses in Berlin« 1982, Herrn Knobloch »im Westen« bekannt gemacht hatte, waren die »Berliner Grabsteine« 1988 in Berlin (West) erschienen.
Im »Spaziergang zu Fontanes Grab«, gewidmet »Für Sigurd Darac«, wurde in der »Wochenpost« Nr. 1/1990 erstmals über die mit blauem Kugelschreiber vollzogenen Streichungen der Militärzensur 1978 berichtet und dem Kollegen gedankt, der unerschrocken, unverfroren das Corpus Delicti mitgehen ließ und mir übergab.
»Wege zum Fontanegrab« bestellte und druckte die »Berliner Morgenpost« für ihre Ausgabe zum Totensonntag 1991. Nunmehr traf der 1978 vom Militärzensor oben auf meinem Manuskript handschriftlich vermerkte Satz zu: »Das könnte auch in der Springer-Presse gestanden haben!!«
Aus den erwähnten Texten entstand für »Wege zu Fontanes Grab« die vorliegende Fassung.
Das nicht zu bändigende Museum: »Neues vom Anti-Kriegsmuseum«: in »Ossietzky« Nr. 5/98. Das Anti-Kriegs-Museum, Brüsseler Straße 21, 13353 Berlin, Telefon 030/45490110 ist täglich (auch an Feiertagen) von 16 bis 20 Uhr geöffnet. Führungen nach Anmeldung 030/4028691. Eintritt frei.

Wallensteins Garten in Prag: Erstdruck in: »Neue Zeit«, Berlin, 10. April 1993. Der 1975 entstandene Text wurde von zwei DDR-Redaktionen abgelehnt.

Mauerstückchen: »Doppeldecker« – Texte & Grafik aus ganz Berlin, herausgegeben von Hannes Schwenger. Berlin: Thomas Müller Verlag, 1990

Abschied von dieser Hauptstadt: Entstand im Auftrag der »Berliner Morgenpost – Berliner Illustrirte Zeitung« und erschien am 3. Oktober 1990 zum Tag der Einheit unter der Überschrift »Ein Abschied von der halben ›Hauptstadt‹«. Als ich mir am 3. Oktober 1990 früh die Zeitung kaufte, fehlte nach »arbeitend ihr Bestes gaben (Lebensjahre)«, die Stelle »und sich zumindest gekränkt fühlten, wenn Zeitungen ihren Staat ständig nur in Anführungszeichen nannten.« Ich war geradezu beglückt über diese, dem Autor nicht mitgeteilte Streichung. Zeigt sie doch deutlich, was wir schon immer wußten, aber vielleicht nie so recht glauben wollten: Die Zensur bleibt! Und: den Siegern ermangelt es an Großmut, an Lächeln und an der Fähigkeit, kritische Worte der Unterlegenen zu vertragen. Das bedeutet, ich kann weitermachen! Wie früher, und sogar wieder zwischen den Zeilen.

Als die Deutschmark kam: »Die Weltbühne« Nr. 27/1990

Berliner Grabstein I: bisher unveröffentlicht

Berliner Grabstein II: »Die Weltbühne« Nr. 41/1992, unter dem Titel: »Im Zusammengewächshaus«

Immer der Nase nach: »Wochenpost« Nr. 30/1992

Wir als euer Nebenmensch: »Neue Zürcher Zeitung«, 4. April 1992

Die schönen Umwege: »Wochenpost« Nr. 22/1992

Gemeinsames Idyll: »Die Weltbühne« Nr. 41/1992, unter dem Titel: »Im Zusammengewächshaus«

Grab um Grab: »Neue Zürcher Zeitung« , 2. November 1991

Signal im Alltag: Mein letzter Beitrag (29. Dezember 1994) für eine »Wochenpost«. Neudruck in »Ossietzky« Nr. 3/1998

Brecht zum Hundertsten: War 1997 bestellt worden für einen Brecht-Almanach, wurde stillschweigend vergessen.

Vom Umgang mit Büchern und Autoren: Geschrieben zum 50. Gründungstag des Verbandes der Verlage und Buchhandlungen in Berlin (heute zusätzlich: und Brandenburg), 1997

Wenn wir vorlesen gehen: Erstdruck 1998

HEINZ KNOBLOCH, geboren am 3. März 1926 in Dresden. Vater: Reproduktionsfotograf, Mutter: Retuscheurin. Lebt seit 1935 in Berlin. Oberschule 1937 bis 1942. Durch Einberufung unterbrochene Lehre als Verlagskaufmann. Nach freiwillig erreichter Kriegsgefangenschaft (USA, Schottland) Heimkehr 1948. Bürohilfskraft, 1949 Redakteur im Berliner Verlag. Staatsexamen 1960 Leipzig. Dipl. Journalist. Von 1953 bis 1991 Redaktionsmitglied der »Wochenpost«. Von 1956 bis 1968 Feuilletonchef. Von 1968 bis 1988 wöchentliche Rubrik »Mit beiden Augen« (Illustr. Wolfgang Würfel). Seit 1962 Buchautor. Zunächst vorwiegend Feuilletonsammlungen.
1965: Heinrich-Heine-Preis (DDR); 1986: Lion Feuchtwanger-Preis der Akademie der Künste der DDR. DDR-Nationalpreis (3. Klasse). 1994: Moses Mendelssohn-Preis des Berliner Senats für Toleranz gemeinsam mit Inge Deutschkron.
Wichtigste Buchveröffentlichungen: »Herr Moses in Berlin«, 1979; »Berliner Grabsteine«, 1987; »Meine liebste Mathilde«, 1985; »Stadtmitte umsteigen«, 1982; »Der Blumenschwejk«, 1976; »Schlemihls Garten«, 1989; »Im Lustgarten«, 1989; »Der beherzte Reviervorsteher«, 1990; »Berliner Fenster«, 1981; »Der arme Epstein«, 1993; »Die Suppenlina«, 1997.
Mitautor: »Die jüdischen Friedhöfe in Berlin«, 1988/1991; »Geisterbahnhöfe«, 1992. Herausgeber, u.a.: »Allerlei Spielraum«, 1973; »Der Berliner zweifelt immer«, 1977.
Weitere Bücher von Heinz Knobloch im :TRANSIT Verlag:
»Nase im Wind. Zivile Abenteuer« (1994), »Eierschecke. Dresdner Kindheit« (1995), »Mißtraut den Grünanlagen. Extrablätter« (1996), »Mit beiden Augen. Mein Leben zwischen den Zeilen« (1997).